알바니아의 사랑

EL AMANTE ALBANES by Susana Fortes

ⓒ Susana Fortes Lopez, Editorial Planeta, S.A., 2008
Korean Translation Copyright ⓒ 2008 by Dulnyouk Publishing Co.
All rights reserved.
The Korean language edition published by arrangement with Editorial Planeta S.A.,
through MOMO Agency, Seoul.

illusionist 세계의 작가 021

알바니아의 사랑
ⓒ들녘 2011

초판 1쇄 발행일 2011년 3월 17일

지은이 수사나 포르테스
옮긴이 조구호
펴낸이 이정원
대표 배문성
책임편집 김상진
표지그림 최용호

펴낸곳 도서출판 들녘
등록일자 1987년 12월 12일
등록번호 10-156
주소 경기도 파주시 교하읍 문발리 파주출판도시 513-9
전화 마케팅 031-955-7374 편집 031-955-7381
팩시밀리 031-955-7393
홈페이지 www.ddd21.co.kr

ISBN 978-89-7527-619-4(04870)
       978-89-7527-600-2(세트)

값은 뒤표지에 있습니다. 잘못된 책은 구입하신 곳에서 바꿔드립니다.

알바니아의 사랑

수사나 포르테스 지음
조구호 옮김

들녘

차례

1

새벽 6시 15분 전, 침묵에 휩싸인 집에서 폭발음이 울렸다. 순국선열로(殉國先烈路)와 엘바산 길 사이에 있는 빌라들은 모두 전쟁이 일어나기 전에 건설된 것으로, 티라나(알바니아의 수도—옮긴이)에서는 보기 드문, 정원으로 둘러싸인 주택이었다. 굉음이 들린 뒤로 기나긴 두 시간이 흘렀건만 공기는 진하고 답답했다. 화약 냄새는 나지 않았지만 숨이 막힐 것 같았다. 이스마일은 창문을 열었다. 새벽녘의 차갑고 눅눅한 공기가 스며들었다. 이스마일은 울타리의 아치문 위, 격자망 우리에 쌓여 있는 낙엽을 타고 올라오는 잿빛 안개를 들이마셨다. 제복을 입은 경찰관 둘이 저택 입구 철문 옆에서 경비를 서고, 사

복 차림의 형사 하나가 저택을 샅샅이 훑어보며 여러 각
도에서 사진을 찍고 있었다. 정원 쪽으로 달려 있는 창
문의 수가 지나치게 많았다. 2층 발코니 뒤로 유리문 두
개가 있었다. 하나는 알바니아 전국에 이스마일의 아버
지로 알려진 노인 자눔이 자는 침실 창문이고, 하나는
자눔이 아주 이른 아침부터 틀어박혀 업무를 보는 사무
실로 사용하는 옆방의 창문이었다. 그 오른쪽에는 이스
마일과 형 빅토르가 어린 시절에 쓰던 방들이 있었다.
그 아래로 아치형 창문 네 개가 있었는데, 본채 동쪽에
날개처럼 붙어 있는 건물의 유리창 두 개는 응접실과 서
재의 창문이고, 서쪽에 날개처럼 붙어 있는 건물의 유리
창 두 개는 옛날에 하인들이 쓰던 방의 창문이었다. 앞
서 언급한 창문의 수는 탑의 망루에 달려 있는 전망창을
제외한 것이다.

그날 새벽에는 평상시와는 다른 분위기가 흐르고 있
었다. 잠에서 쉽게 깨어날 수 없을 때처럼 묵직한 무엇
이 집 안을 짓누르고 있는 것 같았다. 그 날카로운 폭발
음이 시간의 정상적인 흐름을 방해했다. 이스마일은 총
소리를 들었지만, 곧바로 잠자리에서 일어나지 않았다.

몸을 움직일 수 없을 정도로 께느른하고 무기력한 느낌에 지배당한 것처럼 침대에서 일어날 생각조차 하지 못한 채 돌처럼 굳어 있었다. 그 짧은 순간, 소리의 정체가 무엇인지 파악하기도 전에 불길한 예감이 뇌리를 스쳤다.

첫 번째 보고서에 따르면 사망 원인은 총상으로 인한 심장 손상이었다. 권총에 맞았는데, 총알은 두 발이 아니라 단 한 발이었다는 소문이 나중에 여기저기서 나돌았다. 사체는 베이지색 파자마 차림으로 침대에서 발견됐다. 잠자리가 편치 않았는지, 잠을 거의 못 잔 것인지 시트가 구겨져 있었다. 특이하게도 시트에 묻은 핏자국은 그리 진하지 않았다. 총구를 살에 댄 상태에서 발사된 총알은 심장을 관통해 각도가 약간 기울어지게 등을 뚫고 나와 침대 매트리스마저 뚫고 침실 바닥에 깔려 있는 나무판지에 부딪쳐 튕겼다. 총알을 두 방 맞았다는 주장이 확실하다면 자살이라는 가정은 타살로 대체되어야 했을 것이다. 자살하는 사람은 자기 몸에 총을 두 번 쏠 수 없기 때문이다.

삼나무 가지의 거무스름한 끝 부분이 살랑살랑 움직이기 시작했다. 환절기가 가까워지고 있었다. 복용하던

오르파돌의 약효가 지속되고 있는 탓에 이스마일은 현실을 더디게 인지하고 있었다. 유리창 너머 하늘은 석고로 만든 꽃으로 이루어진, 둥근 지붕처럼 보였다. 하지만 그의 기억력은 훼손되지 않았다. 그는 들뜬 마음으로 밤을 보내면서 그녀의 침묵과, 하나로 묶어 놓은 파마머리를 기억했다. 그녀의 뒷덜미에 묶여 있는 머리카락 리본을 푸는 것은 쉽지 않았었다. 리본을 풀자 그녀의 머리카락이 소파 위로 쏟아졌다. 두 사람은 서재에서 불을 끄고 반쯤 벌거벗은 상태로 누워 몸을 웅크리고 있었다. 투명하고 파르스름한 달빛이 커다란 아치창을 통해 들어오고 있었다. 분위기가 성당과 흡사했다. 두 사람의 살갗에서 뿜어져 나오는 인광에만 의지해도 방 안을 돌아다닐 수 있을 정도였다. 그는 여자 곁에 누워 있었지만, 여자의 눈빛에는 뭔가를 비호하고 있는 것처럼 경계심이 배어 있었다. 그럼에도 그는 그녀의 온몸을 눈에 담으려고 했다. 손가락으로 그녀의 턱과 입술을 쓰다듬었다. 고개를 숙여 그녀의 갈비뼈를 하나하나 천천히 핥고 젖가슴을 핥기 시작했다. 소금 맛이 났다.

　이스마일은 팽팽하게 긴장된 그녀의 살갗을 조금씩

핥으며 축축한 흔적을 남겼다. 그녀 위에서 상체를 구부린 채 젖은 입술로 몸을 핥으며 안으로 들어갈 방법을 찾고 있었다. 그녀는 최면에 걸린 것처럼 진지하게 그를 쳐다보면서 발을 치켜들어 허리를 감싸더니 자신의 가랑이 속으로 끌어들였다. 그녀의 얼굴은 쾌락에 젖어 갔고, 입술은 팽팽하게 부풀어 올랐다. 마침내 포기해버린 듯 심각한 표정을 짓더니 그녀는 눈을 반쯤 감고 한숨을 내쉬었다. 이스마일은 가까스로 사정을 억제하면서 그녀를 증오한다는 듯이 격정적으로 그녀의 몸을 정복해 갔다. 그러나 실제로 이스마일이 증오하고 있던 것은 불안감이었다. 그는 신음 소리를 흘리지 않으려고 그녀의 머리카락에 얼굴을 파묻었다. 살에서 피가 솟구치는 것처럼 거친 맥박이 느껴졌다. 이스마일은 자신이 서서히 소멸되어간다고 생각했다.

절정에 이른 두 사람은 꼼짝도 하지 않았다. 서로에게서 몸을 떼어 내지 않은 채 가쁜 숨을 골랐다. 그때 두 사람은 귓바퀴 속으로 아주 작은 소리가 들어오는 것을 느꼈다. 정원을 쏜살같이 가로질러가는 작은 동물의 발소리 같았다. 순간적으로 일어난 일이었다. 그러고서 다시 침묵이 흘렀다. 이스마일은 바지 단추를 채우고 창문으로 다가갔다. 정원의 나무는 조요한 달빛을 받아 서리가 낀 것처럼 보였다. 사위는 침묵에 둘러싸인 듯 고요했다.

몇 분 뒤, 이스마일은 셔츠 단추도 잠그지 못한 채 발코니로 나와 예전에도 몇 번 그랬던 것처럼 무릎을 구부렸다가 반동을 이용해 높이 뛰어올라 자기 방 앞 테라스로 올라갔다. 그녀를 깊이 생각하고 있지 않다 하더라도, 눈만 감으면 그녀의 세세한 얼굴 표정, 왼쪽 귓불 뒤의 점, 끝부분이 불가사리처럼 분홍빛을 띤 손가락, 그의 성기 위에 손을 살포시 올려놓은 가벼운 손목이 떠올랐다. 그는 끊임없이 반복되는 불면의 밤마다 어둠에 휩싸인 채 침대에 드러누워 천장을 뚫어지게 노려보았다. 자신이 어떤 사건의 주변부에 놓여 있는 것 같은 불쾌한 느낌이 들었다. 하지만 아무 일도 일어나지 않았다. 그렇게 밤을 지새우고 새벽녘이 되어서야 비로소 선잠에 빠져들 수 있었다. 베네치안 블라인드 사이로 차츰차츰 빛이 들어오고 있다는 사실을 어렴풋이 느꼈다. 총성이 그를 깨우자 비로소 자신이 잠들어 있었다는 사실을 깨달았다.

관용차 한 대가 완만하게 굽은 길에 깔린 자갈을 우두 둑 뭉개는 소리를 내며 저택 앞을 순찰하고 있었다. 이 스마일은, 이 상황이 자신과는 아무런 상관이 없다는 듯 창문받침에 몸을 기댄 채 멍하니 숨을 쉬며 꼼짝도 하지 않고 있었다. 그는 자신이 다른 사람의 삶에, 20년도 넘 는 과거에 꾸며진 음모에 연루되어 있다는 생각에 사로 잡혀 있었다. 하늘을 쳐다보았다. 동쪽 하늘이 유난히 어두웠다. 곧 비가 올 것 같았다.

2

라드지크 가문의 빌라는 티롤(알프스 산맥의 산간지대에 걸
쳐 있는 유럽의 중앙지역―옮긴이) 지방의 별궁 같은 분위기를
풍기고 있었다. 무엇보다도, 중앙 탑 꼭대기에 관(冠)처
럼 얹혀 있는 지붕, 즉 나무들 위로 등대처럼 솟아나 있
는 유리 망루를 덮고 있는 작은 원뿔형 혹은 육각기둥처
럼 보이는 지붕의 이국적인 윤곽 때문에 더욱더 그렇게
보였다. 저 멀리 불이 밝혀진 티라나가 보였다. 로톤다
(고전 건축에서 원형 또는 타원형의 평면 위에 돔형 지붕을 올린 건물
혹은 내부 공간―옮긴이)는―탑 꼭대기에 있는 방을 모두 그
렇게 불렀다―비좁은 나선형 계단 때문에 접근이 쉽지
않기 때문인지, 꼭대기까지 전기 설비가 도달하지 않아

서 그런지 일상의 가장자리에서 유지되는 공간이었다. 오래된 집에는 모두 그런 공간이 하나씩 있었다. 이스마일은 그곳에서 많은 시간을 보냈는데, 창문으로 어둠이 밀려오면 크롬 도금 홈이 파여 있는 작은 손전등을 켜야 했다. 손전등은 벽에 둥그런 빛을 투사하여 공간 자체가 지닌 '매혹적인 원형'의 특징을 더욱더 두드러지게 했다. 벽에 생긴 균열이 천장에서부터 사선으로 내려와 창문 부근에서 여러 갈래로 갈라져 그물 모양을 이루었다. 균열의 선이 드리나 강(세르비아와 보스니아 헤르체고비나의 국경을 이루는 강이자 사바 강의 지류—옮긴이)을 떠올리게 했다. 드리나 강의 검은 물은 알바니아 전체를 감싸고돌아 오흐리드(마케도니아와 알바니아 국경선에 걸쳐 있는 호수—옮긴이) 호수까지 이어진다. 역사의 잡다한 소문을 머금고 있지 않은 강이 없듯이 벽에 생긴 균열 또한 자기보다 먼저 존재했던 다른 목소리들의 메아리를 숨겨 놓았을 것이다. 언젠가 이스마일은 회색의 굽도리 바로 옆에 있는 바닥에서 찌부러진 마르멜로 섬유를 발견한 적이 있었다. 분명 예전에 누군가가 등잔의 심지로 사용했을 것이다.

모든 더그매가 그렇듯 원형 다락방에도 쓸모없는 집기들, 정원 손질용 연장들, 낡은 가구들을 비롯한 온갖 잡동사니가 구석에 쟁여져 있었다. 창문 아래로 커다란 궤짝이 두 개 있었는데, 그 속에는 사용하지 않은 온갖 직물이 들어 있었다. 굉장히 무거운 우크라이나제 담요, 오래된 속치마, 자개로 다양한 무늬를 상감해 특이하게 보이는 백단향 부채, 노인 자눔이 어머니에게 물려받고, 나중에는 아내에게 선물한 마케도니아산 날염 무늬 손수건들, 그리고 자눔의 아내가 죽던 날 어깨에 두르고 있던 파란 크레이프 숄까지.

　빌라의 구석구석에 남아 있는 것들은 온 방의 구석과 틈새에 다닥다닥 들러붙어 숨어 있는 기억의 껍질들이었다. 집 정면 벽에 덩굴손처럼 붙어 있는 추억들, 느릿느릿 지나가는 겨울의 소리가 침전된 축축한 담벼락에 붙은 이끼처럼 자라나는 추억들로 채워져 있었다.

　아주 강렬한 열정에 사로잡힌 사람들이 사는 집은 분위기가 많이 바뀌게 된다. 벽, 계단 손잡이, 문, 트렁크 등 모든 것은 불명확한 기운을 품게 되는데, 그 기운이 무엇인지는 아무도 설명할 수 없다.

헬레나는, 처음 그 빌라에 도착했을 때, 과거의 숨결을 감지할 수 있었다. 그녀의 관심을 끌어당긴 것은 서재의 주(主) 벽에서 가장 도드라지게 보이는 여자의 초상화였다. 초상화의 주인공은 워낙 젊었기 때문에 죽은 사람처럼 보이지는 않는데, 그녀의 에스파냐어 이름은 그 집에서 다시는, 결코 불리지 않고 있었다. 심지어 이스마일까지도 자기 어머니를 언급할 때면 '그 여자'라는 대명사를 사용했다. 처음 며칠 동안 헬레나는 궁금증을 자아내는 그 특이한 얼굴의 특징을 몇 시간씩 관찰했다. 미인이라기보다는 개성 있는 얼굴이었다. 눈썹의 선과 굴곡 때문에 그녀의 시선은 최면에 걸린 것 같은, 융단처럼 부드럽고, 꿈을 꾸는 것 같은 인상을 주었다. 눈이 침침해질 정도로 그림 속의 여인을 뚫어지게 바라봤기 때문인지 초상화의 이미지는 헬레나의 마음을 향해 분자경로(分子經路, 분자들이 이동해 상호작용을 할 수 있게 만드는 경로—옮긴이)를 만들려는 듯했다. 낯선 여자의 생각 속으로 들어갈 수 있을 것 같은 느낌이 들자 조바심마저 일었다. 헬레나는 마음을 다스리며 호흡을 가다듬었다. 그 모든 것은 감수성 예민한 자신의 성격과 어린 시절

'카눈'(알바니아 북부 고원 지대의 전통이 된 관습법으로, '피는 피로 갚는다'라는 의미를 지니고 있음—옮긴이)에 대한 이야기를 많이 들었기 때문이라고 자조했다. 채 완성되지 않은 것처럼 보이던 초상화는 어느 테라스에서 책을 읽고 있는 젊은 여자를 그린 것이었다. 빨간 입술, 파란색이 살짝 감도는 뺨을 지닌 그녀는 엷은 미소를 머금고, 머리를 괴고 있는 손으로 머리카락을 헝클어뜨린 채 사람들의 눈에는 보이지 않는 어느 왕국의 여신처럼 독서와 고독에 빠져 있었다.

어머니가 죽었을 때 이스마일은 겨우 다섯 살이었다. 그 나이의 기억이라는 것은, 갑자기 책 몇 쪽을 넘겨버리거나 초록색, 노란색 또는 파란색 꽃—비록 꽃이 아니라 아주 작고 가는 잎사귀라 할지라도—으로 만든 옷깃을 팔락이는 바람처럼 어설픈 붓놀림 수준을 넘지 않는다. '그 여자'의 상의는 어깨가 드러나고, 치마는 주름잡힌 끝단이 무릎 바로 아래까지 내려와 있었다. 복장은 확실히 알바니아식이 아니었다. 어느 여름의 끝 무렵, 이스마일은 두레스(알바니아의 유명한 항구도시이자 관광지—옮긴이) 해변에서 어머니가 이러한 차림으로 맨발을 물속에 집어넣은 채 서 있다가 바람에 펄럭이던 치맛자락을 붙잡은 모습을 본 것 같았다. 혹은 어린아이들은 자기가 상상한 것이나 누군가가 이야기해준 것을 기반으로 기억을 재구성하기 때문에 그런 기억이 떠오른 것일지도 모른다고 생각했다. 어린아이들은 하얀 종이에 그림을 그리듯 그런 장면을 기억 속에 새겨 두는데, 이스마일이 기억하고 있는 것은 아마도 나중에, 어머니가 사망한 뒤 어린 시절에 색연필로 그린 그림이었을 것이다. 네모난 해가 오렌지 빛을 발산하고, 바다에는 배가 없는 그림이었다. '그 여자'는 바다 건너편 해안에 도달하고 싶다는 듯이 아주 진지한 태도로 먼 곳을 응시하고 있었다. 외양간의 지푸라기가 부풀어 오르고, 산양들의 털에 진흙이 묻고, 검은 옷을 입은 시골 아낙들이 양철 우유통의 무게에 짓눌려 등이 굽은 채 걸어가고, 추수를 하고 남은 곡물의 그루터기를 태우는 매캐한 연기가 9월의 쇠약한 바람에 실려 오는 도로를 타고 티라나로 돌아오는 동안에도 '그 여자'의 눈빛은 변함이 없었다. '그 여자'는 어느 모퉁이 길을 돌고 난 뒤에야 비로소 시선을 바다에서 거두더니 자동차 시트의 머리받이에 머리를 기대고 무릎 위에 손을 올려놓은 채 천천히 소리 없이 울기 시작했다. 눈물이 흘러내렸다.

어떻게 해서 부재중인 사람들의 얼굴이 뿌옇게 흐려지는지, 또 어떻게 해서 그 얼굴이 단 하루 만에 본 이미지들로, 즉석사진들로, 혹은 아주 특이한 그림들로 대체될 수 있는지 정말 알 수 없는 일이다. 세월이 많이 흐른 뒤 가끔 빛 한 줄기가, 기억의 후미진 구석에 처박혀 있던 자잘하고 무의미한 것들이, 단어들이, 마음이 의미를 부여하기 전에 과거에 들은 대화의 단편들이 머릿속으로 들어오는 일이 벌어지기도 한다. 나중에 진정한 의미를 해석할 수 있게 되었을 때 그것들을 비로소 온전히 기억하게 되는 것이다. 어머니와 관련된 모든 기억에서 이스마일에게 일어난 현상도 틀림없이 이런 것이었다. 아마도 너무 오랜 세월 남자들만 살았던 집에 헬레나가 나타났다는 사실이 이스마일의 기억 장치들을 가동시켰을 것이다. 과거에 '그 여자'가 늘 어깨 위로 머리를 풀어헤치고 불그스레한 스탠드 갓 옆에 다리를 꼰 모습으로 앉아 있던 서재의 바로 그 소파에 헬레나가 앉아 있는 모습을 보는 것. 혹은 구겨진 침대시트를 펴기 위해 침대 위로 상체를 숙이고 있는 헬레나의 모습을 염탐하는 것. 어머니가 이스마일과 형 빅토르를 깨우기 위해 방으로 들어오던 방, 이제는 거의 잊어버린 아침들의 색깔이기도 한 분홍빛이 순식간에 가득 차는 그 방을 헬레나가 환기하기 위해 어느 발코니의 문을 여는 모습을 보는 것……. 이런 모습들은 지나가버린 어느 세계에서 이루어지던 것이었으나, 그동안 막혀 있던 풍부한 수액이 빠르게 올라와 몸속에 퍼져 죽어 있는 것 같던 나뭇가지를 부풀어 오르게 하는 동력처럼 이스마일에게 우르르 몰려들었다. 이스마일은 어느 시에 다음과 같이 썼다. '*그대는 엉겅퀴의 심장에 들어 있는 물 진주 같은 존재.*'

엉겅퀴는 정원 끝 부분에서 잡초 한 무리와 더불어 담과 울타리에 붙어 자랐다. 헬레나를 처음 보았을 때 이스마일은 바늘 수천 개가 손을 찌르는 것처럼 찌르르한 느낌이 들었는데, 피부가 손목까지 빨갛게 물들면서 순식간에 두드러기가 일어났다. 저택의 철문을 열려고 시도하다가 부주의하게 가시투성이 잡초를 문질러버린 것이다. 아주 길게 느껴지는 8개월의 군대생활을 마치고 막 티라나로 돌아온 이스마일이 어깨에 군용배낭을 메고 빌라에 도착했을 때 문을 열어준 사람은 바로 헬레나였다.

형 빅토르에게서 북부 지방의 어느 아가씨와 결혼한다는 소식을 이미 전해 들었던 터라 집에서 낯선 여자와 마주친 것이 그리 놀랍지 않았다. 이스마일은 부대에서 허락해주지 않아 형의 결혼식에 참석하지 못한다는 사실을 알렸고, 애석해하는 형의 답장을 받은 사실을 온전하게 기억하고 있었다. 그 편지에서 형은 결혼식 파티를 위해 저택을 꾸몄는데, 정원에 차린 식탁을 박엽지(博葉紙) 화관으로 장식했다고 전했다. 형은 신부에 대해서도 이야기했다. 신부가 산간 지방의 관습에 따라 소박한 화관을 쓰고, 튜닉과 수를 놓은 조끼를 입었는데, 조끼 호주머니에는 전통에 따라 '신부의 혼수용 총알'이 들어 있었다는 것이다. 고원지대에 있던 병영에서 이스마일은 이런 내용이 담긴 편지를 받았다. 이스마일은 형의 결혼식에 참석하지 못한다는 사실을 진정으로 안타깝게 생각했고, 그날 밤 보초를 서던 초소에서 향수에 젖은 채 결혼식에서 이루어질 행사를 하나하나 떠올려보았다. 무도회장 위에 달려 있는 온갖 색깔의 작은 전구들, 사람들의 목소리와 웃음소리를 압도하는 커다란 음악소리, 화로에서 익어가는 굴라쉬(붉은 파프리카로 매운 맛을 낸 쇠고기 채소 수프—옮긴이)와 구운 마르멜로 냄새, 참깨와 연유를 섞어 만든 케이크 냄새……. 하지만 그 편지에는 그것 말고도 어떤 것, 즉 신부에 대해 뭔가를 적은 글이 한 줄 들어 있었다. 비록 한 줄에 불과했지만, 아주 천박한 어조가 담겨 있어서 불쾌한 느낌이 들었다. 더이상 의미를 부여하고 싶지 않아 애써 잊었다. 집 문간에서 라일락 색깔의 두꺼운 스타킹을 신고, 젖은 붓처럼 머리카락에서 물이 뚝뚝 떨어지고, 너무 큰 실내복을 입은 채 맨발에 발뒤꿈치를 들고 서 있던 헬레나를 처음 보았을 때 이스마일은 아주 낯선 감정에 빠져들었다.

심한 거부감, 즉 오랜 세월 동안 안정적으로 지속되던 상황이 낯선 사람의 출현으로 갑자기 바뀌어버릴 때 느끼게 되는 그런 특별한 불쾌감이었다. 처음에 이스마일은 그 변화가 정확히 어떤 것이었는지 알 수 없었다. 그 낯선 감정을 의식하며 곰곰이 생각해본 것도 아니었으나, 점차 겁이 나고 불안감에 사로잡히면서 직관적으로 감지했다. 이스마일은 그녀 앞에서 예의를 갖추는 것으로 놀랍고 당황스러운 마음을 감추려고 했다. 그렇지만 불편한 마음은 여전했다.

"이스마일이군요."

헬레나가 이스마일을 껴안기 전에 미소를 띠며 말했다. 두 앞니 사이가 거의 알아볼 수도 없을 정도로 살짝 벌어져 있는 그녀의 이가 반짝거렸다. 헬레나는 이스마일을 복도로 인도해 서재 옆방으로 안내했다. 이스마일이 형과 함께 유년 시절을 보낸 방이었다.

"오후 늦게나 도착할 줄 알았어요." 헬레나는 방문에 자물쇠가 채워져 있는 것을 보고 이렇게 사과했다. "잠깐만 기다려요. 열쇠 가져올게요."

이스마일은 형수가 위층으로 올라갔다 내려오는 그 몇 분 동안에, 죽은 사람의 방은 항상 자물쇠를 채워 놓는다는 알바니아의 미신을 떠올렸다.

3

어린 시절, 보름달이 뜨는 밤이면 빅토르와 이스마일
은 정원까지 좌우로 늘어선 삼나무 샛길 앞 정자의 대리
석 탁자에 앉아 손전등을 밝힌 채 탐험가들의 이야기책
을 읽었다. 그 당시 진짜 하얀색은 눈의 색깔이 아니라
그런 밤이면 손전등 불빛이 뿜어내는 열기와 더불어 둘
의 스웨터 소매를 따라 피어오르던 아주 작은 꽃들의 색
깔이었다. 이스마일의 어깨를 감싼 빅토르의 팔, 낮은
목소리로 표현되는 단어들, 모직 냄새, 서로 딱 붙어 있
는 머리들……

형제는 아주 많이 닮았다. 밝은 밤색 머리, 훤칠한 이
마, 어머니에게서 물려받은 두툼한 입술마저 똑같았다.

주방의 체리목 가구 위에는 액자에 든 형제의 사진이 놓여 있었다. 형제가 나무에 올라가 앉아 있는 사진이었다. 나무줄기에 몸을 기댄 빅토르는 자신감과 침착성이 드러나는 미소를 머금고 있었는데, 동생과 네 살 차이가 난다고 해도 그 나이에 어울리는 것은 아니었다. 빅토르는 성인이 되어서도 입가에 그런 분위기를 여전히 유지했다. 특히 씩 웃을 때 더욱더 그랬다. 고개를 약간 뒤로 젖힌 채 독수리처럼 아래를 내려다보는 시선도 어렸을 때와 변함없었다.

위로 비스듬하게 뻗어 있는 나뭇가지를 두 손으로 꽉 붙잡고 가느다란 목을 바짝 긴장시켜 꼼짝도 하지 않은 채 새끼 사슴처럼 놀란 눈을 동그랗게 뜨고 있는 이스마일은 빅토르에 비해 더 굼뜨고 불안해 보였다. 멜빵 달린 반바지, 하얀 셔츠, 완벽하게 다린 소매 선 등 둘은 옷차림이 똑같았다. 어머니가 살아 있을 때는 일요일이면 늘 수도의 남쪽에 위치한 다즈티 산으로 소풍을 갔다. 산에서 함께 소나무 사이를 뛰어다니고, 동굴을 찾고, 메뚜기를 잡았다. 둘은 태양 빛을 듬뿍 받고, 곤충들에게 부드럽게 떨리고, 쉼 없이 움직이는 어느 세계의 주인이었다. 그 세계는 시골의 오후 간식 같은 달콤한 냄새를 풍겼다. 두 사람은 잘 자란 풀밭에 배를 깔고 누웠다. 그리고 서로의 비밀을 간직했다.

그 당시 둘은 떼어놓으려야 떼어놓을 수 없는 사이였다. 둘 가운데 하나가 벌을 받으면 다른 하나가 서럽게 울었다. 그런 일치된 감정은 쉽게 설명할 수 없는 것으로, 모든 사람을 놀래고 감동시킨 진하디 진한 형제애였다. 빅토르와 이스마일은 기오르크 박사 같은, 가족과 친분이 있는 누군가가 선물을 들고 찾아오더라도 둘이 함께 나눌 수 없는 것이라면 결코 받아들이지 않았다. 이렇게 행동하자고 합의하지 않았지만, 형제 사이에 자연스럽게 형성된 행동 방식이었다.

한번은 나무의자가 설치된 은색 객차 다섯 량이 이어진 기차를 선물로 받았다. 키예프에서 가장 좋은 골동품 가게에서 사 온 것이었다. 기차 옆면에 붙어 있는 작은 문에 둘의 이름 약자가 새겨져 있었다. 'V' 자와 'I' 자, 즉 빅토르와 이스마일이었다. 그해 겨울 티라나에 눈이 왔고, 이스마일은 계속해서 기침을 해댔다. 기오르크 박사는 이스마일에게 침대에 누워 있으라고 지시했다. 매일 오후 식구들은 이스마일에게 탕약에다 유칼리와 월계수 잎사귀를 넣어 우린 약을 마시게 한 뒤 몸을 파란색 새털 이불로 감싸고, 머리를 베개로 지탱시켜 앉아 있게 했다.

그 며칠 동안 빅토르는 이스마일 곁을 떠나지 않았다. 둘이 반반한 침대 위에 기차를 올려놓자 기차는 멀리 떨어진 산들을 지나갔는데, 그 산들에서 과거 볼셰비키 군인 몇몇이 황제에게 반란을 일으켰고, 누군가가 어느 다리 옆에 질러놓은 불길을 되살리고 있었다. 철도의 매력은 바느질을 한 것처럼 땅 위에 고정시켜 놓은 철로의 길이, 도랑처럼 생긴 궤도, 라디오 다이얼을 돌리면 등장하는 도시의 이름들처럼 아주 멀리 떨어진 도시의 이름들과 그 이름을 딴 역 이름들, 모스크바, 블라디보스토크, 베오그라드, 키예프…… 그리고 기오르크 박사가 방문하던 외국의 모든 수도들이 지닌 신비감에서 비롯되고 있었다.

이스마일은 복도를 통해 다가오는 빅토르를 보고 있었다. 마르코 폴로나 스코트 대위 같은 사람들의 모험기에 등장하는 탐험가처럼 보였다. 키가 아주 큰 빅토르는 불룩한 바지 밑단을 목이 긴 부츠 속에 집어넣은 차림새에 아스트라칸(새끼양의 모피로, 대단히 진귀하고 값이 비쌈─옮긴이)으로 만든 챙 없는 모자를 쓰고 있었다. 병마의 환각 속에서, 이스마일은 야전용 구급상자를 들고 눈보라 몰아치는 남극의 빙벽 사이를 걸어 어머니 앞으로 지나가는 자신의 모습과 걱정스런 표정을 지으며 그를 뒤따르고 있는 어머니의 모습을 상상했다.

이스마일이 잠이 들었다가 열이 올라 갑자기 깨어나서 처음 본 것은 빅토르가 자기 침대 쪽 선반에 예전에 받은 선물들, 즉 태엽이 끊긴 노래하는 회전목마, 어린이용 개구리 시계, 꼭두각시들로 이루어진 불가리아 오케스트라 등과 더불어 조심스럽게 놓아 둔 새 기차였다. 기차는 기오르크 박사가 가져온 장난감들 가운데 가장 좋은 것이었는데, 그 이유는 기차에 이야기가 담겨 있었기 때문이다.

이스마일은 놀 힘이 없을 때 형더러 볼로그다(러시아 볼로그다 주의 중심 도시─옮긴이) 철도 공격 사건을 다시 들려 달라고 부탁했다. 그러면 빅토르는 카펫 하나 크기 정도 떨어져 있는 옆 침대에서, 언젠가 눈 속에 모닥불 하나를 지폈던 몇몇 전사들의 무훈에 관한 이야기를 진득하게 회상하기 시작했다. 그 사이에 멀리서 레일을 타고 돌아가는 바퀴들의 날카로운 금속음이 들렸다. 그렇게 해서 이스마일은 온통 하얗게 변한 눈 세상 속에서 빨간 숯불이 타고 있는 가운데 빅토르가 자장가처럼 작은 목소리로 들려주는 이야기를 들으며 잠들어 갔다.

이스마일은 사흘 동안 음식을 입에 대지 않은 채 헛소리를 하고 식은땀을 흘렸다. 식구들이 이스마일의 이마에 차가운 물수건을 대주었다. 어머니는 침대 가장가리에 앉아 펄펄 끓는 이스마일의 손을 잡고 철야기도를 하듯 몇 시간 동안 아무 말 없이 그대로 있었다.

이스마일은 빅토르가 같은 이야기에 매번 새로운 이야기를 하나씩 덧붙여 재미있게 들려줄 때에만 약을 먹었다. 빅토르는 나무 꼭대기 가지에 올라가 깨끗한 하늘에 혹시 석탄재가 날아다니는지 눈 속에서 감시하다가 추위 때문에 눈이 충혈되고 염증이 생긴 어느 꼬마 감시원에 관한 이야기를 해주었다. 러시아 병사 하나가 빨갛게 변할 정도로 불에 달구던 칼날에 관한 이야기도 해주었다. 이스마일은 빅토르가 들려주는 이야기의 단어를 하나하나 들을 때마다 공기를 홀짝홀짝 들이마시는 것처럼 보였는데, 그렇게 휴식을 취하면서 갈비뼈들은 제자리를 잡아가고, 차츰 얼굴에 화색이 돌아왔다. 귀 주위로 가느다란 검붉은 선이 남고, 이마에 파란 핏줄 하나가 투명하게 드러나 있었다.

어느 날 밤 도깨비 하나가 어둠 속에서 이스마일을 깨워 옆에 앉더니, 아직 잠이 덜 깬 이스마일의 손을 잡아 끌어 창문으로 데려갔다. 이스마일이 아름다움에 온전하게 인식한 것은 그때가 처음이었다. 마치 물속에서 머리를 내밀었을 때 눈앞에 세공한 은으로 만든 것처럼 멋진 얼음정원이 펼쳐져 있는 것 같았다. 창밖을 보고 있으려니 눈이 시렸다. 그 겨울밤의 경이로움은 병세를 한결 누그러뜨렸을 뿐만 아니라 이스마일의 영혼에 시심을 불러 일으켰다.

열이 내려가고 악몽들이 사라져가고…… 그리고 마침내 모든 위험이 지나갔을 때 결코 지치지 않은 간호사 같은 형 빅토르가 아주 창백한 얼굴로 볼셰비키 부대의 빨간 병정들과 멘셰비키의 하얀 병정들을 넣은 망사가방을 들고 방으로 들어왔다. 하지만 빅토르는 문턱을 넘지 못했다. 문턱에서 실신해버렸고, 주머니 속에 든 병정들은 사방으로 흩어졌다. 빅토르가 이스마일과 같은 병에 걸린 것도 아니었고, 이스마일을 흉내 낸 것도 아니었다. 채 여덟 살도 되지 않은 빅토르가 3일 밤을 뜬 눈으로 샜기 때문에 탈진해버린 것이었다.

4

　이스마일은 살집이 없고 뼈만 앙상했다. 특히 아치처럼 생긴 쇄골, 손목, 무릎이 그랬는데, 이들 부위는 몸이라고 하는 지도에 산맥처럼 두드러져 있었다. 조류의 골격처럼 보였다. 음식을 먹을 때도 오랫동안 뜸을 들였다. 어머니가 어르고 달래서 입속에 넣어준 음식 한 입을 얼른 삼키지 않고, 수도 없이 씹어댔다.

　"정말 천천히도 먹네. 귀족의 습성을 지녔구먼."

　사람들이 말했다. 정원에는 100년 된 쥐엄나무 한 그루가 있었는데, 봄이면 무성한 잎사귀 아래로 아주 달콤한 청량감을 감추고 있었다. 가끔 붉은 개미 떼가 줄을 지어 나무를 타고 오르면 이스마일은 개미의 삶에 대해 어머니에게 물었다.

"넌 커서 곤충학자가 되겠구나."

어느 날 '그 여자'가 이스마일에게 말했다.

"곤충학자가 뭐예요?"

"곤충학자란 곤충의 삶을 연구하는 사람이란다. 개미, 메뚜기, 잠자리……."

"곤충학자는 되기 싫어요. 빅토르 형처럼 대장이 되고 싶다고요."

어린 이스마일이 항의했다.

어머니는 이스마일의 머리를 쓰다듬으며 서글픈 미소를 머금었다. 이스마일은 너무 마르고 창백해서 자기(磁器)로 만든 작은 병정 같았다. 기오르크 박사가 매주 이스마일을 진찰했다. 기오르크 박사는 청진기를 흉강(胸腔) 부위에 대고 가슴속에서 울리는 소리를 들었다. 폐병은 나았으나 이스마일은 폐를 보호하는 막이 너무 약해서 언제든지 찢어질 수 있었다. 때문에 대(大) 자눔은 의사 친구의 초대를 받아들였다. 그는 부인과 두 아들이 디나르알프스(세르비아–몬테네그로 아드리아해 연안의 북서지역에서 남동쪽으로 뻗은 산맥—옮긴이)에 있는 의사의 집에서 한 달 동안 머무는 것을 허락했다. 가족은 4월에 떠났다. 빅토르와 이스마일은 자동차 뒷좌석에 탔는데, 몹시 울퉁불퉁한 도로 때문에 몸이 흔들거렸다. 형제는 절벽과 눈부신 알프스의 설원 사이에 있는 다양한 높이의 산꼭대기들을 쳐다보았다. 하지만 위로는 독수리가 날고, 가끔 바람이 공허한 메아리를 일으키는 그 바위 절벽들의 깊이를 헤아리기에 형제의 영혼은 아직 천진난만했다. 성인의 복잡하고 산처럼 높은 정신만이 긴장감 넘치는 풍경 한가운데서 자연의 메시지를 알아들을 수 있는 법이다.

해질 무렵, 일행은 페시코피(온천으로 유명한 알바니아의 도시—옮긴이)에 도착했다. 페시코피는 검은 드리나 강(보스니아-헤르체고비나, 세르비아의 국경을 형성하는 강—옮긴이) 유역에 위치한 도시다. 자작나무 산비탈에 있는 기오르크 박사의 집 주위로 돌담이 둘러서 있었다. 산촌의 모든 가옥이 그렇듯 뾰족한 지붕은 집에서 나오는 한 줄기 연기를 통해 하늘과 연결되어 있었다. 문이 열리자 훈훈한 거실이 나타났다. 난로에서는 통나무 여러 개가 활활 타고 있었다. 거실 바닥에는 곰 가죽이 깔려 있고, 보헤미아산 도자기들이 놓인 진열장도 보였다. 거울 하나가 걸려 있었는데, 네 사람이 안으로 들어서자 행복한 가족의 사진처럼 비쳤다. 빅토르는 어머니가 손수 짠 양털 목도리를 두르고 귀를 덮는 모자를 쓴 모습이었고, 어머니는 소녀처럼 하얀 이를 드러내며 해맑게 웃고 있었다. 탐험가 같은 모습의 기오르크 박사는 체크무늬 망토에 둘러싸인 이스마일을 안은 채 그녀 바로 뒤에 서 있었다.

기억 속에서 빙빙 도는 시간들, 시계의 야광 바늘처럼 환하게, 하지만 이제 더 이상 끊어지지 않고 지속되는 어느 추억처럼 조용하게 되돌아오는 시간들. 현관에 놓여 있는 빨간 숯불이 담긴 부삽, 장작에서 피어오르는 연기 냄새와 암소들이 젖을 짜기 위해 매일 돌아오는 길에 자리 잡은 목장에서 모락모락 솟아나는 김 냄새, 송진이 배어 나온 소나무, 원형의 파도를 이루며 사라져가는 시간처럼 어디서 나온 것인지 불분명한 하얀색 찌꺼기의 향기, 너무 멀리는 가지 말라고 아이들에게 소리쳐 부르는 젊은 여자의 목소리와 깊디깊은 협곡 안에서 메아리가 되어 울려 퍼지는 아이들의 이름, 캐러멜처럼 단단한 오렌지 태양 빛, 초록빛과 자줏빛을 머금은 주황빛 수면. 차가운 물이 바위에 부딪치며 나는 폭포소리.

"저 여러 가지 색깔이 섞인 거품은 뭐지?"

아이들은 그 신비로운 현상을 말하기 위해 이처럼 단순한 어휘를 사용한다. 산들 뒤로는 눈이 쌓여 있었고, 침묵의 빈 공간 속에서 딸랑거리는 방울 소리가 아련하게 들려왔다.

그 소리들은 어떤 꿈속에서 느낀 것처럼, 엄청나게 배가 고파 어느 풀밭에서 게걸스럽게 먹은 빵과 신선한 치즈의 풍미와 더불어 입에 고여 있던 침처럼, 끊임없이, 어지럽게, 이스마일의 뇌리에 떠오르곤 했다. 옛날을 떠올리자 그날의 이미지들, 오후에 갔던 소풍과 소풍에 대한 자잘한 것들이 기억에 되돌아오고 있는 것처럼 이스마일의 뺨에 차츰차츰 화색이 돌아오고 있었다. 그들은 끝없이 펼쳐진 어느 경사면(傾斜面) 풍경 위에 놓여 있는 오솔길들의 다양한 모양을 보았다. 그리고 기오르크 박사가 식물들에 대해 들려주는 이야기를 들었다. 박사는 민들레, 연꽃 씨, 어느 호수에서 자라는, 박테리아를 전혀 함유하지 않아서 예로부터 전사들이 상처에 밴드처럼 바르던 이끼 같은 식물들의 특성을 알려주었다. 해가 뜨는 날에는 노란색으로, 구름이 낀 날에는 희끄무레하게 변하는 바위들의 색깔. 마름모꼴 무늬 스웨터를 입은 형 빅토르가 달리면서 풍차를 돌리듯 팔을 휘저으며 새들을 놀래며 깔깔거리는 모습. 그리고 어느 오르막길에서 기진맥진해진 어머니가, 그 모습만으로는 전혀 특이하지 않지만, 이스마일이 보기에는 혼란스러울 정도로 강렬한, 좋아서 어쩔 줄 모르는 미소를 머금은 채 기오르크 박사의 어깨에 몸을 기대고 서 있는 모습 또한 기억했다.

한 줄기 바람이 불어왔고, '그 여자'가 아주 천천히 입술을 움직였다. 에스파냐어로 뭐라 중얼거렸는데 무슨 말을 한 것인지 아무도 몰랐으나 '그 여자'의 얼굴에는 오후의 햇살이 가득 비치고 있었다. 그때 기오르크 박사가 몸을 돌리더니 고운 비단을 만지듯 손가락끝이 닿을 듯 말 듯 이스마일의 머리를 쓰다듬었다. 이런 장면들은, 처음에는 선명했다가 점점 희미해져가는, 지난날들의 기억 속에 부유하면서 공중에 떠 있는 것 같은 상태로 이스마일의 뇌리를 스쳤다. 마치 막 잠이 들려고 할 때 눈꺼풀을 통해 스며들고, 살갗을 인지할 수 없을 정도로 간질이다가 차츰 뚜렷한 윤곽을 잃고 녹아 없어져

버리는 아지랑이 같았다. 나중에, 뭐라 설명할 수 없는 울적한 심정으로 풀밭에 드러누운 이스마일은 눈을 반쯤 감고 반반한 하늘 위에 있는 축축한 그림 같은 나무 잎사귀들을 속눈썹 사이로 바라보면서 네 살 무렵을 회상했다.

이스마일의 기억 속에는 그날의 마지막 휴식이 아주 선명하게 남아 있었다. 당시 어머니는 아들들을 침대로 보내기 전에 미지근한 물을 대야에 담아 무릎을 씻겨주고, 울타리를 뛰어 넘다가 생긴 찰과상과 발뒤꿈치에 생긴 물집을 치료해주었다. 아이들의 작은 발은 예전만 해도 매끈한 아스팔트에 익숙해져 있었지만, 이제는 풀밭으로 이어진 오솔길의 돌멩이에 단련되어 자연 속에서 거칠어져 있었다. 딱딱하고 거친 부식토, 나무뿌리, 전나무 가시와도 화해한 상태였다.

기오르크 박사는 회색 패드로 발톱을 감싼 개들이 자기 발 냄새를 맡으며 길을 찾아가는 모습을 이스마일에게 보여주었다. 그것은 옥수수 밭 한가운데서 이루어진 경주였다. 베어 놓은 풀 냄새와 꿀 냄새, 가축우리의 시큼한 냄새가 배어나는 토층, 바위 틈새에서 피어나는 금

잔화의 자취, 경주를 하는 동안 이리저리 다니는 개들의 발소리, 냄새를 맡는 소리, 짖는 소리. 개들이 표출한 열망의 흔적, 개 발자국 사이의 거리, 개들이 내놓은 수백 가지의 길…… 기오르크 박사는 아이를 무릎에 앉혀놓고는 강아지를 놓아 둔 것처럼 머리를 쓰다듬어 주었다.

빅토르는 이스마일에게 훨씬 더 매력적인 세계를 구경시켜주었다. 누에고치였다. 이스마일은 매일 뽕나무 잎사귀에 나 있는 누에의 흔적과 예리하게 잘린, 반들거리는 이빨자국을 관찰했다. 누에들은 은색 실 한 줄기를 뽑아냈고, 그 실로 만들어진 아주 작은 구체들이 상자를 채우더니 서서히 커져갔다. 누에들은 실을 뽑아 누에고치를 만드는 작업을 결코 중단하지 않았다. 누에고치를 짜고 또 짰다. 누에들은 그 어떤 것에도 무디어지지 않은 상태로 그렇게 매일 매일, 총 45일 동안 작업했다. 이스마일은 누에고치에서 막 나온 나비들이 상자 안에서 느릿느릿 힘들게 날갯짓을 한다는 사실을 알아차렸는데, 누에고치들은 공기가 빠져 쭈글쭈글해지고 회색으로 변해버렸다.

이스마일은 성장한다는 것은 정말로 특이한 것이라고

생각했다. 불가사의하거나 난해하다기보다는 그저 특이하다는 생각이 들었다. 이스마일은 성장하기 위해 애를 썼으나, 시간의 문제를 어떻게 생각해야 할지 아직은 몰랐다. 늘 고개를 숙인 채 이런 생각에 깊이 몰두했다. 빅토르는 이스마일보다 키가 훨씬 더 컸기 때문에 그런 노력을 기울일 필요가 전혀 없었다. 하지만 이스마일은 늘 불리한 조건에서 달리기를 하는 선수처럼 키를 1센티미터라도 더 키우기 위해 필사적인 노력을 기울였다. 빅토르는 어떤 것에든 자연스럽게, 또 천성적으로 쉽게 속내를 밝혔다. 반면에 이스마일은 소풍을 가서 피곤해지지나 않을지, 기오르크 박사의 등에 업혀 오지나 않을지, 갑자기 균형을 잃고 떨어져 버리지나 않을지 늘 두려워했다. 한번은 얼굴 가까이 숨을 헐떡거리며 자신을 관찰하고 있는 똥그란 눈들을 발견하고는 깜짝 놀라 몇 초 동안 외양간 문 반대쪽 구석에 쪼그리고 앉아서 소의 무기력한 울음소리를 듣고 있었는데, 송아지 또한 그를 놀래며 넘어졌다. 이스마일은 가축우리에 들어가게 되면 얼굴 옆에서 축축한 주둥이가 왔다 갔다 하는 것을 느낄 때처럼 무서워서 꿈쩍도 못할 것이라 생각하며 두려워했다.

사람들에게 쉽게 다가가는 재능이 있었던 빅토르는 자기 말을 들은 모든 사람의 호감을 일깨우는 승리자처럼 자연스럽게 행동했다. 이스마일은 형 빅토르를 따라 하려고 노력했지만, 아무도 그러한 행동에 신경을 쓰지 않았다.

빅토르는 특별히 지식을 쌓으려고 노력하지 않았지만, 많은 것을 알고 있었다. 반면에 이스마일은 자신이 모르는 모든 것에 매혹되었고 동시에 무서움을 느꼈다. 때문에 탐욕스러우리만치 호기심에 사로잡혀 있었다. 형과 자신의 상자 안에 있던 아주 작고 하얀 누에들의 희미한 소리를 들었을 때도 마찬가지였다. 누에들은 고치를 짜고 또 짰다. 상자에 귀를 갖다 대면 누에들이 뽕잎사귀를 갉아 먹고 잎맥만 남겨 두는 소리를 들을 수 있었다. 이스마일은 누에들이 숨 쉬는 소리, 어둠 속에서 내뱉는 구슬픈 신음을 느꼈다.

그 달에 이스마일은 산 속에서 많은 것, 살아가는 데 기본이 되는 것들을 배웠다. 그것은 사람을 성장하게 일깨워주는 산 교육이었다. 두 아이는 생물학적으로 거의 완벽한 상태에 가까운 환경 속에서, 살아 있는 몇몇 유기체의 진화를 요구하는 공생의 법칙에 따라 살고 있었다. 두 아이가 서로에게 느낀 애정은 없어서는 안 될 감정이었다. 결정할 수도, 획득할 수도 없지만, 피 속에서 들끓고 존재하게 되는 모든 감정들처럼. 그것은 본질적이고, 본능적인 것이었다. 하지만 그 성질은 단순하지 않고, 아주 복잡했다.

네 사람이 여행을 마치고 돌아와야 했을 때 그들은 결코 발설하지 말아야 할 비밀을 간직한 것처럼 슬픔과 억압감을 느꼈다. 그들은 아무 말이 없었다.

그곳을 떠나기 전, 기오르크 박사는 창문으로 다가가 아주 심각한 표정으로 주변 산들을 찬찬히 바라보면서 마지막 몇 시간을 보냈다. 저 멀리 짙은 구름 몇 개가 걸려 있는 바위 절벽 사이로 각기 다른 높이의 산꼭대기들이 솟아나 있었는데, 그 모습이 마치 포악한 영혼들을 위한 제단처럼 보였다. 몸집이 뚱뚱한 기오르크 박사는 두 손을 호주머니에 깊숙이 찔러 넣고, 스웨터 컬러 위로 어금니를 굳게 다물고 있었다. 이마를 잔뜩 찡그린 채 깊은 사색에 잠겨 있는 듯 꼼짝도 하지 않고 그 자리에 서서 아무 말 없이 어둠의 소리를 듣고 있었다. 뭘 물어봐도 대답이 없었다. 그의 귀에는 어떤 소리도 들리지 않았던 것이다. 해 질 녘의 공기가 그 신비로운 풍경을 반사하는 유리창에 그의 얼굴을 되돌려줄 때까지 그는 그렇게 머물러 있었다.

그런 식으로 창밖을 내다보고 있는 한 남자의 영혼은 과연 어떤 상태일까?

5

하지만 그 어떤 비밀도 영원히 지켜지지는 않는다. 적어도 한 번은 밝혀지기 마련이다. 여러 해, 수십 해가 걸린다 하더라도.

가을이 되자 빅토르는 수도 티라나에 있는 기숙학교로 보내졌다. 당의 고위층 자식들이 다니는 학교였다. 수도 외곽에 있는 학교는 빨간색 벽돌로 지어진 거대한 건물이었다. '그 여자'가 이의를 제기하지 않았다면, 이스마일의 건강 문제를 문제 삼지 않았다면 이스마일은 형 빅토르를 따라가려 했을 것이고, 아버지 또한 허락했을 것이다.

"좋소. 당신이 정 그렇게 원한다면 여기 있으라고 해

요. 하지만 당신 치맛자락이나 붙들고 있으면 애는 결코 대장부가 될 수 없을 거요."

아버지가 말했다.

키가 크고 외모가 번지르르한 대(大) 자눔은 스파르타 남자처럼 엄격했다. 그는 성격이란 고난을 통해서만 단련될 수 있다고 생각했다. 알바니아에는 남자의 기준을 설정해 놓은 불문율이 있었다. 불평하지 말기, 두려워하지 말기, 고통이나 지나친 감정을 표현하지 말기……. 그런 이유로 대 자눔은 빅토르를 편애했다. 빅토르에게서 훌륭한 군인이 될 자질을 본 것이다.

대 자눔은 젊었을 때 에스파냐에서 알바니아 여단을 지휘하며 프랑코의 파시스트 부대에 맞서 싸웠다. 그는 그 당시를, 그때 겪은 고난을, 빵과 올리브유와 함께 먹던 생양파를, 전선으로 올라가기 전날 밤 한 여자와 질펀하게 즐기고 난 뒤 포도주 한 병을 마시며 서로 용기를 북돋아주던 사내들의 동지애를 자주 회고하며 좋아했다. 그는 말했다. 자발적으로 싸울 때조차도, 왜 싸우는지 안다는 확신에 젖어 있을 때조차도 항상 결정적인 한순간이 존재하는데, 그 순간에는 제 아무리 고매한 이상일지라도 자기를 도와주지 못한다. 진짜로 필요한 것은 오직 신체를 단련하는 것뿐이다. 기관총탄이 퍼붓는 상황에서 총알을 피할 수 있는 돌담까지 가는 것. 땅바닥에 엎드려 포복을 하고, 빗발치는 총알을 피해가며 폐허가 되어버린 어느 집이나 고랑에 도달하는 것. 그것이 가장 중요한 문제이다. 진정한 전투는 그런 식으로 두려움에 대항하는 자기 자신 안에서 전개된다. 만약 어느 병사가 두려움을 이길 수 없으면 누군가가 그를 대신해서 두려움을 이겨야 한다.

어느 날 여러 여단의 병력이 허리까지 물이 차오르는 강물 속에서 무기를 보호하기 위해 팔을 쳐든 채 여러 시간을 보낸 적이 있었다. 올리브 나무 사이에 내려앉았던 안개가 채 걷히지 않았기 때문에 섣불리 행군했다가는 길을 잃을 수도 있었고, 적군과 마주칠 위험도 있었다. 그렇다고 해도 그곳에서 더 이상 시간을 끌 수도 없는 상황이었다. 디미테르라 불리는 소년 병사가 있었다. 채 열아홉 살도 되지 않은 그는, 다들 그렇듯, 홀로 떠나는 것을 두려워했다. 놀란 새끼 양처럼 파르르 떨리던 소년병사의 귀에는 두려움이 배어 있었다. 소년 병사의 얼굴에 나타난 공포는 여단의 모든 병사를 부끄럽게 하고, 치욕을 안겨주었다. 다른 동료들이 알바니아 출신 병사들에 대해 뭐라 말했을까? 수렁에 빠진 암탉들이라고 했을 것이다. 소년 병사는 이마에 총을 맞고 사망했다. 적군이 쏜 것이 아니었다.

"너한테 오는 총알은 소리가 나지 않아. 갑자기 다가와서 고통도 주지 않고 네 몸속으로 들어오는 거야. 그럼 두려움은 이미 끝나버린 거지."

자눔은 그 이야기를 할 때마다 이렇게 말했다.

자눔은 에스파냐 내전에 대해 이야기하는 것을 좋아했다. 그는 그곳에서 아내를 만났다. 남자용 자전거를 탄 아내는 어렵게 페달을 밟아가며 시꺼멓게 그을린 폐허 사이로 모습을 드러냈다. 밖에서 지낸 탓에 피부가 가무잡잡하게 그을려 있었고, 소녀처럼 빼빼 말라 있었다. 불룩 튀어나온 어깨뼈와 엉성하게 풀어 헤친 머리에는 찌든 가난이 배어 있었다. '그 여자'는 어느 흙길 입구에서 눈에 불신감을 드러낸 채 자전거를 멈췄다. 발하나는 페달에 올려져 있고, 다른 발은 자전거를 멈추기 위해 뒤꿈치를 든 채 땅을 딛고 있었다. 구부러진 무릎은 맨살이 드러나 있고, 단추 구멍에는 단추가 달리지 않고, 물결 모양 주름이 잡힌 노란색 옷에 감싸인 상체는 앞으로 기울어져 있었다. 샌들은 흙이 묻어 더러웠다.

'그 여자'는 길모퉁이에 서서 얼마 전에 박격포탄을 맞아 폐허가 되어버린 곳을 바라보고 있었는데, 매일 그런 광경을 봐서 익숙해진 듯한 눈빛이었다. 그것이 바로 '그 여자'의 나라였다. '그 여자'는 자기 나라의 소리와 냄새와 색깔들을 알았고, 허위적인 고요가 이내 깨져버린 어느 안개 낀 새벽, 그날 움텄던 하늘의 희읍스름한 파란색을 알고 있었다.

아라곤의 모든 전선에서는 고아 수십 명이 폐허더미 사이를 헤매고 있었다. 기관총들이 몸통을 물어뜯은 탓에 기괴한 몰골을 하고 있던 올리브나무 위로 서쪽 하늘이 온통 빨갛게 물들어 있었다. 자전거 안장에서 뛰어내린 아가씨는 벽에 등을 기댄 채 자기를 바라보고 있는 군인을 향해 걸어갔다. 두 사람 사이에는 겨우 말 몇 마디만 오갔을 뿐이다. 그러고 나서 아가씨는 마을 광장에 있는 공동우물 쪽으로 갔다. 핸들에 매달아 놓은 천을 물에 적신 뒤 아주 특이한 언어를 말하던 진지하고 뚱뚱한 그 남자의 이마를 닦아주었다. 아가씨는 남자를 여러 날 동안 어느 집의 헛간에 숨겨주었다. 땅거미가 깔릴 때면 대접에 강낭콩 요리를 담아와 그가 먹는 모습을 바라보았다.

자눔은 늘, 에스파냐의 공화파들은 용감하고 대담한 전사였으나 규율 감각이 결여되어 있었기 때문에 전쟁에서 패했다고 말했다. 공산당 전사들조차도 천성적으로 토론을 좋아하고, 명령에 토를 달고, 이데올로기적으로는 역사적인 물질주의 원칙을 방어할 줄 알았으나, 성격은 무정부주의적이었고, 피 속에는 개인주의 바이러스를 지니고 있었다.

여단의 총사령부가 바르셀로나로 이동하기 시작했을 때 자눔은 패배는 이미 돌이킬 수 없는 것을 감지했다. 삐걱거리는 소리, 물건들이 부딪치는 소리, 거대한 짐을 텐트 천으로 덮어 실어 나르던 트럭들, 혼란한 상황에서 온갖 문서, 편지, 파일이 서둘러 불태워지던 모닥불 사이로 나아가는 트럭들이 유리창을 뒤흔들며 내는 진동, 나비처럼 사방을 메우며 날아다니던 불에 탄 종잇조각들, 길 위에 움푹 파인 바퀴자국들……. 자눔은 바로 그

때 노란 옷을 입은 풋내기 아가씨가 길모퉁이에 멈춰 서서 따스한 손길과 잘했다는 칭찬을 찾는 강아지처럼 공기 냄새를 맡고 있는 것을 보았다. 그는 망설이지 않았다. 아가씨의 허리를 낚아채서는 번쩍 들어 올려 어느 트럭 짐칸에 실어버렸다.

그들은 피레네 산맥을 넘고 나서도 1년이 지난 가을, 알바니아에 도착했다. 당시는 유럽을 여행하기에 좋은 시기가 아니었다. 에스파냐 전쟁은 다른 전쟁, 즉 그 누구도 두 번 다시 상상할 수 없는 거대한 전쟁의 예행연습에 불과했다. 그들은 우편 서비스도 되지 않는 여러 나라를 돌아다녔는데, 국경은 구두약을 잘 칠한 부츠들, 채찍들, 가죽벨트들, 만자(卍字)가 새겨진 깃발들, 야만인들의 기병중대들에게 짓밟힌 어느 지도 위에서 매일매일 바뀌고 있었다. 굶주린 사람 수천 명이 부켄발트 근처 채석장에서 캐낸 돌을 가득 실은 수레를 끌고 있었는데, 나중에 그들은 전기 철조망이 둘러쳐진 거대한 사각형 수용소에 갇혔다. 프로방스 지방의 어느 마을에서는 게릴라에 협조했다는 이유로 15세 이상의 남자들이 독일인들의 손에 총살되었는데, 그 수가 무려 578명이었다. 여자들이 그들의 주검을 묻는 것조차 허용되지 않았다. 그 후 독일인들은 마을을 불태워버렸다. 불에 탄 폐허, 검게 변한 땅, 소름끼치는 고요. 엄청난 굴욕이 전 유럽의 들판을 짓눌렀다.

　사령관이 자기 나라로 돌아가서 처음으로 한 일은 그 아가씨를 그리스 국경에서 가까운 어느 마을의 친척 집에 안전하게 데려다 놓은 것이었다. 그 후 그는 나치 점령군에 대항하는 시민 부대의 지휘권을 잡았다. 5년 동안 싸웠다. 알바니아가 해방되던 날, 그는 그 에스파냐 아가씨를 찾으러 갔다. 어느새 껑다리가 된 아가씨는 하얀 셔츠에 남자바지를 입고, 무릎까지 올라오는 장화 속에 바짓가랑이를 집어넣고 있었다. 그는 그 모습을 보고 어안이 벙벙해져 씩 웃었다. 아가씨는 건초더미 옆에 서 있었다.

　그는 그토록 성장해버린 아가씨를 멀리서 관찰하고는 적잖게 놀랐다. 그의 머릿속에 들어 있던 궁둥이가 빈약한 소녀의 모습과는 완연하게 달랐다. 쭉 뻗은 늘씬한 몸매, 가슴을 둘러싼 작업복 셔츠 속에서 한 뼘 남짓 드러난 발그레한 목. 그녀의 모습을 보고 이삭 다발을 운반하는 사회주의자 일용 여성 노동자를 묘사한 선전 포스터를 떠올렸다.

하지만 그의 마음을 어지럽힌 것은 그 이미지가 지닌 강인한 면모가 아니라 살과 뼈를 지닌 아가씨가 풍기는 깊은 야생적 관능미였다. 자신도 모르는 사이에 맥박이 빨라지고 몸이 부르르 떨렸다. 그는 남자들이 여자들에게 가장 내밀한 질문을 하기 위해 준비해 두는, 심문자 같은 표정을 지으며 가까이 다가갔다. 그리고 그녀의 눈을 똑바로 쳐다보았다. 그녀는 그가 대답을 기다리게 하지 않았다. 여느 시골 아가씨처럼 당황스러운 듯 미소를 머금으며 고개를 숙이고 말했다.

"예."

그녀는 이제 스무 살이 되었고, 알바니아어를 정확하게 구사하고 있었다.

전쟁 통에는 사랑이라는 것이, 운명에 따라 결정된 계획처럼, 늘 예정된 방식으로 드러나게 된다. 사령관과 에스파냐 아가씨가 서로 얼굴을 마주쳤을 때 두 사람은 이제 운명을 완수할 순간이 왔다는 사실을 깨달았다. 두 사람은 포도수확축제가 한창인 그 마을에서 결혼식을 올렸다. 모든 들판이 심홍색으로 뒤덮여 있었다.

두 사람이 티라나에 도착했을 때, 나중에 둘의 가정으로 변하게 될 그 빌라는 폐허나 다름없는 상태였다. 오랜 세월 독일군 병참부대의 수송센터로 사용되던 빌라는 몇 달 동안 게릴라의 포위공격을 당해 방치되어 있다가 우기인 겨울에 접어들어서는 습기에 절어 있었다. 안마당에 깔려 있던 판석은 사라져버렸고, 계단의 일부가 무너져 있었다. 탑은 새들이 날아드는 곳으로 변해 있었다.

서재 창문에는 유리 하나가 없었고, 소파와 식탁에는 먼지를 잔뜩 뒤집어쓴 회색 천이 씌워져 있었다. 수많은 책장이 습기로 뒤틀려 있었다. 집 외부도 그리 나아 보이지 않았다. 나무들 사이로 잡초가 무성했고, 돌고래 형상의 분수에서는 오래전부터 물이 나오지 않았다. 한마디로 벙어리 돌고래들이었다.

'그 여자'는 치마를 무릎까지 들어 올린 채 돌 부스러기 위를 지나갔다. 이 방 저 방 옮겨 다니며 깨진 것은 죄다 내버리고, 구멍은 막고, 양탄자를 펼쳐 나갔다. 지나칠 정도로 부지런하게 움직였다. 이곳에 뿌리를 내리겠다고 결정한 사람마저 놀랄 정도의 열정을 보이며 집을 청소하고 정리하기 시작했다. '그 여자'는 집 뒤 담 바로 옆에 있는, 비옥한 땅에 작은 채마밭 하나를 만들 어 양파를 심고, 줄기가 지지대용 말뚝을 덮어버리는 강 낭콩을 심었다. 남편에게 정원수를 다듬어달라고 부탁 했다. 어느 봄날, 그녀는 정원에서 초록빛 돔 형태의 지 붕을 한, 대성당의 느낌을 지닌 정자(한쪽 벽이 트인 방이나 홀을 이르는 것으로, 지중해 연안 지역에서 발달한 건축물—옮긴이) 하나를 볼 수 있게 되었다.

정원의 가장자리에 아주 오랜 세월 방치되어 폐허가 되어버린 장밋빛 대리석 정자가 있었는데, 네 기둥 끝에 는 빈 양식의 바람막이를 떠받치고 있는 코린트 양식의 대접받침(기둥 위를 장식하며 공포를 받치는 넓적하고 네모진 나 무—옮긴이)이 있었다. 사령관은 부인을 기쁘게 해줄 요량 으로 정자를 보수하도록 지시했다. 그는 수수한 사람이 었다고 해도, 어찌 되었든, 새로 수립된 국가의 요인으 로서 스스로에게 어느 정도의 사치는 용인할 수 있다고 믿었다. 멀리서 보면 그 작은 회당은 녹아내린 크림케이 크처럼 보였는데, '그 여자'는 남편의 의사에 드러내놓 고 반대하지 않으면서도 아주 섬세한 그 건축학적 치장

을 가리기 위해 빽빽한 덩굴손 하나를 심었다. '그 여자'
는 남편과 다른 미적 감각을 소유하고 있었다.

여름날 오후, 하늘이 어두워지기 시작하고 서쪽 하늘
에 구릿빛 노을이 질 때면 자눔 사령관은 정원의 정자에
나와 마지막 라키(아니스 열매를 넣어 만든 술—옮긴이) 잔을
들이켰다. 그 후로는 기오르크 박사가 부지런히 그 빌라
를 방문하면서 그곳은 여행에 대한 이야기와 정치적인
사안들의 경과에 관한 이야기가 무수하게 오가는 모임
의 마지막 거점이 되었다. 알바니아 정부와 모스크바 사
이에 형성된 팽팽한 긴장감이 갈수록 더욱 확연하게 느
껴졌다.

빅토르와 이스마일은 자신들을 돌봐주는 헝가리 출신
유모 한나의 손에 이끌려 방으로 가서 잠들기 전 마지막
몇 분 동안 서둘러 나무 사이에서 숨바꼭질 놀이를 했
다. 정자에서 들리던 목소리들은 정원의 각종 식물, 유
리컵 부딪치는 소리 사이에서 차츰차츰 약해져 갔다. 나
중에 이스마일이 꿈속에서 여러 번 기억하게 될, 여자가
노래를 부르는 것 같은 특이한 웃음소리가 공중에 머물
러 있기도 했다. 어느 해 질 무렵, 사령관은 정자의 천장

에 매달린 등도 켜지 않은 채 어둠에 휩싸인 정원에 머물러 있었다. 시간이 흐르자 사령관의 검은 재킷이 밤의 어둠과 더 이상 구분되지 않았다. 그는 정자에 앉아 이런저런 생각을 하고, 여러 가지 걱정을 하고, 공포를 느끼면서 강렬한 오루호(포도 찌꺼기로 만든 소주의 일종―옮긴이)를 한 잔 한 잔 들이켜고 있었다. 이스마일은 이 장면을 직접 기억하지 못하고 형 빅토르를 통해 기억했다. 그때 형은 어느 지점에서 감시하는 듯하면서도 연민에 젖은 눈으로 아버지를 관찰했다. 무엇인가, 즉 다른 단어들보다 유독 높은 음조로 뱉어진 어떤 단어, 혹은 불투명하고 애매해서 이해할 수는 없지만 그럼에도 불구하고, 아니면 그렇기 때문에, 망막에 영원히 각인되는 어떤 표정이 유발하는 불안감 때문에 쉽사리 잠들지 못하는 아이의 눈과 같았다. 아버지가 가끔씩 무뚝뚝하고 잔정이 없는 모습을 보이기도 했지만, 빅토르는 아버지와 잘 지냈다. 관용차에 함께 타고 티라나 거리를 돌아다니면서 사람들이 아버지에게 칭송하는 모습을 보는 것을 좋아했다.

"저기 대(大) 자눔이 아들과 함께 가네."

빅토르는 사람들이 문 네 개가 달린 검은색 관용차

'가즈(러시아산 자동차의 이름—옮긴이)'를 가리키며 하는 말을 들었다. 모든 사람이 아버지에게 인사하는 방식에는 존경과 공포가 뒤섞여 있었는데, 빅토르는 그것이 바로 진정한 군인, 자신이 언젠가는 되고자 하는 그런 군인이 받는 합당한 대접이라 여겼다. 빅토르는 자기가 꿈꾸는 군인의 지위는 오직 훈련을 통해서 오를 수 있다는 사실을 알고 있었다. 때문에 당 고위 인사들의 자식들이 다니게 될 군사 기숙학교에 다니는 데 그 어떤 반감도 갖고 있지 않았다. 빅토르가 빌라를 떠날 때 진정으로 애석하게 생각했던 것은 단 한 가지, 동생 이스마일과 헤어진다는 사실이었다. 두 아이는 눈물을 흘리는 어머니 앞에서 한 몸인 것처럼 서로 껴안았다. 마침내 대 자눔이 운전기사더러 출발하라고 명령하자 자동차는 저택의 철문 뒤로 사라져가면서 자갈길에 타이어 자국을 남겼다.

비록 성격이 판이했고, 그런 차이는 성장할수록 더 두드러져 보였다고 해도 형제는 하나가 다른 하나 없이는 살 수 없었다. 그 겨울, 눈 때문에 과일나무 몸통의 검은색이 더욱 두드러져 보이던 어느 날, 이스마일은 눈 덮인 정원을 응시하다가 적막감에서 비롯된 것 같은 깊은 고독을 느끼고는 자기 방에서 숨이 막힐 듯 엉엉 울 수밖에 없었다. 그 순간, 마땅히 설명하기는 어렵지만, 형 빅토르가 그 적막감의 일부가 되었고, 빅토르 역시 기숙사 방에서 깨어 있을 거란 직감이 불현듯 들었던 것이다. 이스마일은 그런 확신을 아주 분명하게 느꼈다. 그런 확신이 어디에서 오는지 말할 수 없었을 것이다. 하지만 아주 분명하게 느껴진 것이었기 때문에 다른 사람과 얘기할 필요조차 없었다. 그것은 자연스러운 것으로, 그들이 접촉하는 방식이었고, 새로운 암호였다.

주말에 빅토르가 제복인 짙은 감색 모직 재킷과 긴 바지 차림으로 빌라에 돌아오면 이스마일은 영웅을 대하듯, 볼로그다행 기차를 공격했던 볼셰비키 군인이나 되는 것처럼 바라보았다. 그는 형이 없는 사이에 획득한 자잘한 보물로 형의 관심을 독점하려고 애썼다. 보물이란 바로 정원에 있는 두더지 굴, 유리 단지 안에 가둬 놓은 도마뱀 한 마리, 바닐라 향을 풍기는 지우개 하나……. 이스마일은 빅토르가 기숙학교에서 일어난 일에 대해 들려주는 걸 좋아했는데, 특히 오전 수업을 시작하기 전 아주 이른 시각에 이루어지는 체육수업에 관한 이야기를 듣고 싶어했다. 빅토르는 주로 경마나 수영, 육상 등을 했다. 하지만 이스마일을 매료시킨 것은 펜싱이었다. 이스마일은 형이 펜싱용 그물 마스크를 쓰고, 가슴 보호대를 착용하고 복도에서 전진하고 후퇴하는 동작을 준비하기 위해 발을 벌리고, 무릎을 약간 구부리고, 또 팔을 어깨 높이로 유지한 채 칼 끝까지 활모양이 되도록 방어 자세를 취하면서 펜싱용 검을 솜씨 있게 다루는 모습을 종종 보았다.

"단순 공격이야."

빅토르가 동생에게 스텝과 찌르기에 이르기까지 검을 다루는 세 가지 동작을 보여주면서 설명했다. 감탄할 때의 느낌이 다 그렇듯이 이스마일은 은근한 경쟁심을 느꼈지만, 형의 이야기가 아주 감동적이었기 때문에 눈 한 번 깜빡하지 않고 진지하게 경청했다. 두 사람은 그렇듯 몇 개월 동안 결합되어 있었다. 특히 어머니의 갑작스런 죽음 이후로는 더욱더 그랬다. 그 당시 빌라는 해가 구름 속으로 들어가버린 때의 들판처럼 완전하게 그늘져 있었다.

집에서 유일하게 온기가 남아 있는 곳은 아이들의 방이었다. 둘은 어머니가 없는데도, 자궁으로 회귀한 쌍둥이처럼 행동했다.

6

    끊임없이 비가 내려 엘바산 도로가 진흙탕이 되는 겨울이 몇 번 지나고, 이글거리는 태양 빛에도 빌라 내부 벽들이 선선함을 유지하던 여름도 몇 번 지났다. 기오르크 박사가 라드지크 가문의 저택에 발을 끊은 지 오래되었던 탓에 이스마일은 그가 언제 무슨 이유로 그 집 식구들의 삶에서 사라져버렸는지 기억하지 못했다. 처음에는 기오르크 박사를 그리워했으나 나중에는 막연한 원망이 향수를 대체해버렸다. 이스마일은 '그 여자'가 죽은 뒤 기오르크 박사가 자신들에게 용기를 북돋아주고, 마음을 가라앉혀주기 위해서라도 왔을 법하련만 다시는 빌라에 모습을 드러내지 않은 이유가 무엇인지 이해하지 못했다. 기오르크 박사는 흔적도 없이 사라져버렸다. 지표면에서 희미해져버렸고, 지워져버렸다. 부재 속의 또 다른 부재였다.

이스마일의 아버지는 갈수록 당의 업무에 깊이 개입했고, 어린 자식의 처지를 모르는 체하는 것처럼 보였다. 실제로도 이스마일에게 깊은 관심을 기울인 적이 없었다. 끝이 보이지 않을 정도로 긴 비밀 보고서 뭉치를 검토하고 있지 않을 때는 정치의 새로운 변화 양상을 골똘히 생각하느라 뒷짐을 진 채 서재 복도 이쪽 끝에서 저쪽 끝으로 왔다 갔다 했다. 정치는 끊임없이 변화하고, 발작적이었으며, 스스로를 잡아먹을 정도로 탐욕스러웠다. 어제 정상에 섰던 사람이 이내 인간쓰레기가 될 수도 있었고, 무기징역이나 사형을 선고받을 수도 있었다.

자기가 속한 체제 안에서 자신의 위치를 상실해버릴까봐 두려워하고 있던 그는 사방에서 적들을 발견하고 있었다. 아내가 죽은 뒤부터는 슬픔과 두려움이 삶을 지배하고 있었다. 그의 발소리가 옛 나무판지 바닥에 지속적으로 울려 퍼졌다. 걸을 때 살짝 절룩거리는 발 때문에 소리는 불규칙하게 들렸다. 그는 열두 걸음을 갔다가 다시 열두 걸음을 되돌아왔다. 늙은 자눔은 천장의 대들보에 달려 있는 석유등, 희끄무레한 새벽녘까지 밝혀져 있는 그 석유등 불빛 아래서 서재 복도의 한쪽 벽과 다른 쪽 벽 사이를 왔다 갔다 했다. 주말에 빅토르가 올 때만 늙은 자눔은 침묵 속에서 자신을 꺼냈다. 정성스레 면도를 하고 검은색 옷을 입고 빅토르를 맞으러 정원으로 나갔다. 이스마일 역시 형이 도착하면 활기를 되찾았다.

하지만 빅토르는 지나치게 빨리 성장하고 있었다. 그의 턱은 둥그런 모양을 잃어버리고 훈련을 통해 축적한 에너지를 내뿜는 각진 모습으로 다듬어지고 있었다. 아직 감지할 수 없으나 아버지를 놀랄 만큼 닮을 것이라는 사실이 예견될 정도로 얼굴은 새로운 표정을 드러내며 변화하기 시작했다. 빅토르는 아버지의 고갯짓을 모방했고, 시선을 고정시키는 방법도 아버지와 유사했다.

빅토르가 화장실 복도를 통해 욕실로 들어가 물통으로 욕조에 물을 채우는 모습을 이스마일은 황홀감과 슬픔이 뒤섞인 감정으로 바라보았다. 스파르타식 훈련을 받은 결과 빅토르의 팔 아래 상체는 대단히 견고해 보였다. 하지만 이스마일은 형의 근육질 등과 매일 아침 거울 앞에 서서 면도하기 시작하던 입 주위 솜털에서 불길한 감정을 느꼈다. 유년 시절 친구들에게 따돌림 당할 때와 느낌이 비슷했는데, 이런 감정은 깊이 생각해서 감지한 것이 아니었다. 이스마일이 감지한 것은 자신을 깊디깊은 어둠 속에 빠뜨려버리는 거리감이었다. 이스마일은 아무 말도 하지 않았으나 자기 주변의 믿음직한 영역들이 하나둘 사라지고 있다는 것을 느꼈다. 일요일에 기숙학교로 떠날 때면 예전에 헤어질 때와는 달리 빅토르는 이스마일을 껴안아주지도 않았다. 형의 몸은 예전과 달리 뻣뻣했으며, 두 몸 사이에는 아주 딱딱한 느낌이 지배하고 있었다.

이스마일은 고독을 이겨내기 위해 나무와 독서로 피신했다. 열두 살이 된 이스마일은 자신 안에서 상상의 세계를 건설하기 시작했다. 이스마일은 서재에서 마르코 폴로의 모험기나 스칸데르베그(1403~1468, 오스만 제국에 맞서 싸운 알바니아의 민족 영웅―옮긴이)의 사가(역사적인 이야기 혹은 전설, 역사소설―옮긴이)를 읽지 않으면 정원으로 사라져버렸다. 그가 선호하던 은신처는 울창한 밤나무 안이었는데, 꼭대기 부분은 가지들이 빽빽하게 삼각형을 이루고 있었다. 그는 머나먼 다즈티 산으로 소풍갔을 때 습득한, 고양이처럼 날렵한 솜씨로 나무에 올랐다. 나무 꼭대기의 갈래는 아주 넓었고, 이끼가 두껍게 덮여 있었다. 이스마일은 그곳에 자신의 왕좌를 설치했다. 그리고 밤나무 갈래에 앉아서 땅바닥에서 보는 것과 다른 새로운 시각으로 세상을 바라보는 법을 배웠다. 베네치아 출신의 여행가가 찾아간 '향수의 곳', 즉 석조 다리 12,000개가 있는 '하늘의 도시(중국의 항저우를 일컬음─옮긴이)'를 저 멀리 상상해보았다. 높은 나무 위에서 가끔은 늘쩍지근하고, 가끔은 강력해지거나 소용돌이를 일으키는 바람소리를 들었는데, 그 바람이 무성한 잎사귀들 틈을 통해 밑으로 내려갔다. 이스마일은 새롭게 돋아나는 나뭇가지나 보드라운 잎사귀를 관찰하는 일이 그 무엇보다 즐거웠다. 입사귀의 부드러움은 유독 사람의 피부를 생각나게 했는데, 누군가를 쓰다듬어줄 필요가 있고, 또 누군가의 손길이 필요한 이스마일은 그 잎사귀를 감히 만져보지 못했다.

　이스마일은 얼룩덜룩한 사프란 색깔의 이끼, 나무에서 배어 나오는 수액, 나무 꼭대기 삼각형 모양을 이루는 뾰쪽한 가지들의 세계를 발견했다. 초록색 가시로 이루어진 껍질에 둘러싸인 가지들은 열매들로 인해 부풀어 올라 있었는데, 열매들은 제 무게를 이기지 못해 풀밭에 떨어지면 껍질이 터져버렸다. 이스마일은 그곳에서 부식토 냄새를 흠뻑 들이마시며 시간을 보냈다. 그런 냄새들은 이스마일의 피에 표시된 시기, 즉 모든 소년이 특정한 나이에 경험하는 신체변화의 전조로 강한 흥분과 갑작스런 사색을 유발하는 사춘기와 관련된, 아직은 모호한 신체적 욕구에서 비롯되는, 새로운 느낌을 유발했다. 빨랫줄에 걸려 있는 여자의 속치마만 보아도 맥박이 빨라졌고, 비밀리에 탐독한 어느 소설을 통해 접하게 된 관능적이고 야한 장면들이 자신도 모르게 떠올랐다.

형 빅토르가 이미 경험했을 비밀을 털어놓았더라면 이스마일은 정말 좋아했을 것이다. 언젠가 이스마일은 형이 피에르 거리 관문의 버스 정류장 옆에서 사자 갈기 같은 곱슬머리 아가씨와 함께 서 있는 것을 보았다. 형은 아가씨의 허리를 팔로 감싸 끌어안은 채 아가씨의 귀에 무슨 말을 속삭이고 있었다. 이스마일은 멀리 떨어져 있어서 형이 무슨 말을 했는지 알아들을 수 없었지만,

아마도 달콤하거나 집요하게 꼬드기거나 불순한 말이었을 것이다.

이스마일은 자기 앞에 신비롭고 모호한 세계가 열리고 있다는 것을 느꼈다. 그러나 그 세계는 욕구의 발현과 욕구의 해소 가능성 사이의 거리를 나타내는 심연처럼 도저히 도달할 수 없는 곳이었다. 이스마일은 성숙하지 못한 자신의 몸, 즉 깡마른 무릎, 새롭게 생기는 에너지의 충동을 겨우 지탱하는 빈약한 어깨가 마음에 들지 않았다. 나무 위에 있는 자신의 왕좌에 앉아 있을 때만 마음이 편안해졌다. 어느새 날이 어두워지면 이스마일은 나무에서 내려와 집으로 돌아갔다. 집에서는 마음이 불편하고, 자신이 모든 것과 격리되어 있다고 느꼈다. 이스마일은 조숙한 고독에 빠진 인간처럼 몸속에서 본능과 상상력을 최대한 끌어냈다.

이스마일의 진정한 고독은 정확히 말해 부재와 포기에서 나오는 것이 아니라 우울증에서 나오고 있었다. 마치 아무것도 축적되지 않는 것처럼, 무게도 바닥도 없는 것처럼, 모든 것이 계산되지 않는 것처럼. 이스마일은 적어도 그렇게 믿었고, 여러 해가 지난 뒤 이런 감정에

대해 자신의 시에 다음과 같이 쓸 것이다. *'만약 그대가 두려*
워해야 한다면 / 암흑 또는 고독의 깊이를, / 만약 그대가 죽는다면 ……'

집집마다 반쯤 닫힌 쪽문 뒤에서 수백 개의 눈이 그
암흑을 보고 있었다. 테메 세즈코 제독이 처형된 지 몇
년 뒤까지도 엄청난 두려움이 거리를 불쾌하게 조성하
고 있었다. 소련이 알바니아에 대해 꾸밀 수도 있는 음
모를 분쇄하기 위해 지로카스트라(티라나에서 남쪽으로
120km 거리에 위치한 중세 역사 유적지—옮긴이)에서 무한 권한
을 지닌 신임 통제위원 한 명을 티라나에 파견해 놓은
상태였다. 그 몇 해 동안 케네디와 흐루시초프는 평화공
존 독트린을 체결해 놓고 있었다. 그럼에도 불구하고 모
스크바와 중국은 최악의 상황으로 치닫고 있었다. 두 공
산주의 강국 사이에는 은밀하게 만들어진 심연 하나가
점점 벌어지기 시작했다. 사람들은 실제로 무슨 일이 일
어나고 있는지 제대로 알지 못했다. 두 나라 사이에 체
결된 통상 조약은 모두 폐기되었다.

하지만 이 균열이 진실로 영향을 미치게 될 영토는 알
바니아였다. 거리 분위기에는 사이클론이 불어오기 전
의 낯선 정적이 감돌았다. 흐루시초프가 알바니아 체제

에 대해 발표한 대책들 때문에 중국의 대표들이 소련공산당대회에서 갑작스럽게 퇴장해버렸다. 단절은 그렇게 고착화되었다.

새로운 법령들과 그해 겨울의 눈은, 마치 말 없는 군대가 포위하듯, 티라나를 고립시켰다. 2월에는 혹한의 추위를 견디지 못한 늑대들이 산에서 내려왔다. 자신이 믿을 수 있는 사람이 누구인지 알 수 있는 사람은 아무도 없었다. 가상의 반혁명 음모에 관한 소문들이 날이 갈수록 커졌고, 사람들은 옆으로 눈길을 돌리지 않은 채 앞만 보고 조용히 걸었다.

소비에트 블록에 대해 엔베르 호자(1908~1985. 알바니아 최초의 공산주의자 국가 원수—옮긴이) 체제가 어떻게 반응할지 오래 기다릴 필요가 없었다. 박해는 티라나에서부터 시작해 삽시간에 전국으로 퍼졌다. 수많은 알바니아 사람이 납치되거나 체포되어 보안총국으로 이송되었고, 일부 사람들은 쥐도 새도 모르게 사라져 자취를 감추고 지상에서 지워져버렸다. 그들에게는 고독이 암흑의 깊이가 될 것이고, 침묵의 밤이 될 터였다. 보고서에 만년필로 밑줄을 그으며 읽고 있던 대 자눔은 무자비할 정도로 단호하게 '소련 비밀정보국의 첩자'라고 덧붙이고, 'KGB 요원'이라고 기록하면서 죄과의 기소를 지시하고, 단속하고, 증강하고, 만년필에 잉크를 채워 넣었다. 그 행위가 어찌나 음울하고 확고했는지 그가 이데올로기적인 확신보다는 개인적인 감정에 따라 움직이는 것처럼 보였다. 자눕은 가끔 이런 사안들을 빅토르에게 이야기했다. 자눕은 큰아들에게 자신을 투사하면서 아들의 기질을 강화시키려고 애썼다. 소년이 소심한 태도로 제동을 걸며 반대를 할라치면 아버지는 다음과 같이 대꾸했다.

"훌륭한 공산주의자는 군말 없이 복종하는 거야."

그리고 계속해서 마오쩌뚱의 새로운 공식 연설까지 끌어들여 혁명은 물질적이고 정치적인 질서를 획득하여 인간이 자신에 대해 승리하게 만드는 것이라고 큰 소리로 주장했다. 멀리 떨어져 있는 중국은 이미 알바니아의 동맹국이 되어 있었다.

그 시기에 대 자눕은 백내장에 걸렸고, 볼살이 축 쳐져버렸다. 얼굴은 흙빛을 띠고, 갑자기 쓰러진 통나무 껍질처럼 변해버렸다. 왼쪽 눈은 꺼진 모닥불 같은 잿빛으로 변했고, 다른 쪽 눈은 매의 눈처럼 여전히 갈색이었으나, 그가 갈수록 더 빈번하게 마시던 웨스트팔리아의 맥주처럼 반투명하고 검은 얼룩이 져 있었다. '그 여자'가 죽기 전 몇 개월 동안 규칙적으로 복용하던 수면제가 놓인 침대 사이드 테이블 위 상자 옆에 늘 놓여 있던 약초 달인 물처럼 더 밝고, 거의 투명하게 보일 때도 있었다. 물론 어느 날 밤, '그 여자'는 알약도, 약초 달인 물도 복용할 시간이 없었다. 사물들 사이의 연관관계를 설정해 보려는 관점에서 어떤 대상을 찾으려고 떠올려 보지만 발견하지 못한 것처럼, 나중에 '그 여자'의 침대 머리맡에서 아무도 손대지 않은 채 차갑게 식어버린 찻잔이 발견됐다. 아무튼 사령관의 오른쪽 눈은 항상 액체 같은 느낌을 주었지만, 가끔은 빛에 따라, 생각의 그림자 혹은 추억의 그림자에 따라 선사시대의 도끼날처럼 예리한 빗각의 납 조직 광물로 변했다.

빅토르는 저택에서 지내는 동안 계속해서 동생과 같은 방을 썼다. 여러 날 밤, 둘은 잠을 자기 전에 각자의 침묵 속에 침잠해 있었다. 이스마일은 진열장에 놓여 있는 객차 다섯 량짜리 은도금 열차를 바라보다가 갑자기 엄청난 고통에 목이 메고 말았다.

"형은 볼로그다행 기차를 공격한 볼셰비키 병사들이 황제의 궁전까지 도달했다고 생각해?"

이스마일은 비밀스런 얘기를 속닥거릴 때처럼 목소리를 낮춰 은근하게 물었다.

"잘 모르겠다. 아주 오래된 이야기거든. 이젠 기억도 나지 않아."

빅토르가 벽 쪽으로 몸을 돌리며 대답했다.

그때 이스마일은 처음으로 자기와 형 사이의 거리가 되돌릴 수 없을 정도로 멀어져가고 있다고 느꼈다. 하지만 둘 사이에 어떤 오해가 있었는지는 정확히 알 수 없었다. 우리에게 가장 중요한 것이 무엇인지, 우리에게 영향을 미치는 것이 무엇인지, 우리의 영혼을 교란하는 것이 무엇인지 제대로 설명할 수 없는 때가 있는 것처럼.

빅토르는 가끔 군사학교 친구들과 함께 외박을 나왔다. 그들은 눈부신 사관생도 제복을 입고 X자 형 가죽 밴드를 찬 채 어울려 다녔다. 이스마일은 그들이 무리를 지어 으스대면서, 잔뜩 들뜬 목소리로 떠들어대면서 빌라를 떠나는 모습을 바라보았다.

이스마일에게 진정한 정치적 문제들이 발생하기 시작한 것은 그로부터 몇 년 뒤, 그러니까 이스마일이 사춘기를 겪은 뒤부터였다. 1970년대의 문화혁명은 예술과 문학에서 외국의 영향에 반대하는 마녀사냥의 불을 전국에 새롭게 내질렀다. 당시 이스마일은 첫 번째 시를 쓰기 시작했고, 회원들의 의상과 전통적이지 않은 관습 때문에 보헤미아풍의 괴짜 같은 느낌을 주는 작은 모임에 참석하기 시작했다. 그들은 늘 아드리아틱 호텔 별실과 피델리오 카페에서 모였다. 이스마일의 나이가 어렸다는 것은 확실했지만, 특정 행위들이 내포하고 있는 위험의 본질을 모를 정도는 아니었다.

　　독재자 엔베르 호자에 대한 개인숭배는 극에 달해 있었다. 대숙청이 일어난 첫 해에만 해도 수감자들의 수가 예전의 세 배에 이르렀다. 하지만 감옥에 갇히는 것을 두려워한 것도, 티라나의 동쪽에 세워진 거대한 납골당 같은 콘크리트 건물, 즉 반쯤 물에 잠긴 돔형 천장 저수조 모양의 지하실과 그와 비슷하게 생긴 다른 지하실들, 또 너무 복잡해 출구조차 알 수 없는 통로들로 연결된 복도들이 진정한 미로를 형성하고 있던 건물을 두려워한 것도 아니다.

　그들이 진심으로 두려워했던 것은 죽음에 대한 냉혹한, 공식적인 가능성이었다. 정치 지도자 여럿이 처형되었고, 비밀경찰의 총수이자 독재자의 옛 심복을 비롯해 전직 장관들, 장성들까지 처형되었다. 가장 충성스런 관료들조차도 스스로가 안전하다고 느낄 수 없는 상황이었다. 어떤 식으로든 이견을 드러낸 사람들은 더욱더 불안해했다. 총살당한 한 무리의 유해가 발견된 사실은 그 자체가 지닌 불길한 속성 때문에 각 신문에 실렸고, 그 후 사람들은 그 사건에 대해 낮이건 밤이건, 끊임없이 수군대어, 집단의 의식에는 공포에 대한 소리 없는 직관력이 자리잡았다. 공포는 바로 다른 목소리들 사이의 금속성 목소리들, 파손된 자물쇠들, 유괴를 당할 때처럼 머리끄덩이를 잡혀 어지럽게 헝클어진 숱 많은 머리카락, 돌이나 대들보에 부딪치는 쇳소리, 첫 번째 석회 한 삽이 천천히 떨어져 검은 흙 위로 하얀 켜가 내려앉는 소리, 가시 철망이 둘러쳐진 구덩이였다.

　"인간의 위대한 정복은 고통과 희생을 통해서만 이루어지는 법이야."

빅토르가 어느 날 동생에게 말했다. 그의 목소리는 위협적이지 않았지만, 예전의 형제애의 흔적 또한 담고 있지 않았다.

7

젖은 포장도로를 첨벙대며 잰걸음으로 걷는 고무장화 특유의 발소리가 가까워지고 있었다. 규칙적이고 단호한 걸음걸이가 다가오는 것을 느끼며 이스마일은 죽는 그 순간에는 어떤 느낌이 들지, 두려움에 대한 절대적인 의식의 순간은 몇 분 혹은 몇 초 정도 지속될지 생각해 보았다. 이스마일은 피델리오 카페에서 다른 학생들과 비밀 모임을 막 끝내고 나왔다. 그때까지만 해도 그는 자신이 나오는 모습을 아무도 보지 못했다고 확신했을 것이다.

한순간, 걸음걸이를 빨리 해볼까, 달려볼까 하는 충동이 생겼지만 그래 봤자 소용없을 것이라는 사실을 깨달았다. 등골이 오싹해진 상태로 몰래 담벼락에 붙어 몇 미터를 더 걸어간 뒤 가로등 하나만이 밝혀져 있는 누르스름한 로터리에 이르렀다. 이스마일은 마른침을 삼키고, 스스로 용기를 북돋기 위해 숨을 깊이 고르고 난 뒤 거칠게 몸을 돌렸다. 뒤따라온 남자가 그의 뒤에서 떡 버티고 서 있었다.

"나를 찾았던 겁니까?"

도전하듯 그 남자에게 대들었으나 온몸의 근육이 긴장된 이스마일은 의구심을 숨김없이 드러내며 두 손을 살짝 앞으로 뻗쳐 안전거리를 유지하려고 애썼다.

"이스마일 라드지크, 맞죠?"

이스마일은 대답하기 전에 그를 위아래로 훑어보았다. 쉰 살 정도 되어 보이는 몸집이 뚱뚱한 남자였는데, 산에서 등짐을 나르고 살아왔는지 등이 약간 불룩하고 어깨가 튼실했다. 그는 커다란 호주머니가 여럿 달린 외투를 입고 장화를 신고 있었는데, 아스팔트 위를 걸을 때마다 귀뚜라미 울음소리 같은 소리가 났다. 비밀경찰처럼 보이지는 않았고, 어느 정부기관의 공무원도 아닌 것 같았다. 하지만 그에게는 불쾌한 뭔가가 있었다. 속눈썹이 거의 없는 눈에서 흘러나오는 눈빛 때문이었거나 동굴에서 기거하는 사람에게나 날 법한 강한 냄새 때문일 수도 있었다. 그는 호주머니에서 담배꽁초 하나를 꺼내더니 손가락으로 살짝 문질러 모양을 잡은 뒤 입에 물었다.

"댁이 흥미를 가질 만한 정보 하나를 가지고 있소."

침 묻은 담배꽁초를 입에 문 채 그가 말했다.

"당신이 누구인지 먼저 밝히시죠."

이스마일이 요구했다.

그 남자는 담배꽁초를 한 모금 길게 빨면서 생각을 가다듬는 것처럼 보였다. 호기심을 이용해 타인을 자극하여 뭔가를 빼내는 사람 특유의 은근히 위협적인 우월감을 과시하고 있었다.

"나는 샤레의 공동묘지 관리소에서 일하는 사람이오."

마침내 그가 아랫입술에 붙어 있는 담배가루를 손으로 떼어내면서 대답했다.

알고 싶지 않은 것은 그 사람의 의지와 상관없이 언젠가 밝혀지기 마련이다. 수년, 수십 년이 걸린다 해도. 머릿속에 각인된 말 중에 시간이 지날수록 더욱 무게가 나가고 뜨거워지는 돌멩이 같은 말이 있는데, 그런 말이 머릿속을 가득 채워버리면 누구든 매 순간 그 말을 듣지 않을 수 없다. 그 의미가 가장 예기치 않는 방식으로 밝혀졌다 해도 말이다.

그 남자의 입을 통해 사실을 알게 됐을 때 이스마일은 처음에는 크나큰 충격을 받았고, 나중에는 깊은 비애를 느꼈다. 두 사람은 함께 도로를 벗어나 이스마일이 모르는 지역, 전기선이 달려 있는 전신주들, 작은 창문들이 옆으로 나란히 달려 있는 음울한 건물들, 컨테이너처럼 똑같은 건물들이 있는 곳을 통과했다. 마침내 수도 남서부 외곽의 제방들로 둘러싸인 광장처럼 생긴 곳에 도착했다. 두 사람은 어느 술집으로 들어갔다. 술집에는 천장 서까래까지 닿아 있는 높다란 나무통 하나만 있을 뿐 탁자는 없었다. 손님들은 술통에 팔꿈치를 괸 채 라키를 마시고 있었다.

희미한 전구 불빛 아래서 이스마일은 대화 상대에게서 이 몇 개가 없다는 것을 알아챘고, 입에서는 유황 냄새와 더불어 시큼한 냄새가 풍긴다는 것을 감지했다. 그 남자는 '조직'이라고 부르는, 일종의 협회 혹은 비밀집

단에 대해 여러 차례 언급했다. 그가 아주 낮은 목소리로 이야기한 탓에 이스마일은 몇몇 단어를 놓쳐버려서 직접 겪은 일을 이야기하는 것인지 아니면 공동묘지의 다른 직원이 들려준 것을 전하는 것인지 제대로 이해할 수 없었다. 아무튼 '그 여자'의 죽음 또한 밤에 일어났듯이, 그 일이 밤에, 비밀리에, 비석 위를 맴도는 고독 속에서 일어났다 해도, 그 남자는 자기가 현장에서 직접 겪으며 두 눈으로 똑똑히 본 것이라도 되는 듯 설명했다. '그 여자'의 뼈들은 모든 인간이 가게 되는 무덤 저 너머 암흑에 영원히 휩쓸려버릴 운명에 처해 있었던 것처럼 보였다. 때문에 '그 여자'는 현재 어디에 있든지 간에 두 번 죽은 것이나 다름없었다. 그 남자가 말한 바에 따르면, 시체 발굴이 진행되는 몇 분 동안 손전등 불빛 하나로 묘지를 비춰가면서 동일한 묘혈이 줄을 지어 꽉 차 있는 무수한 땅 쪼가리들 사이에서 고랑을 찾아내고, 각각 구분했다.

"외국 여자 맞지요?" 그 남자는 자못 과장된 어조로 말하고는 이스마일의 대답을 기다리지도 않고 다음과 같이 덧붙였다. "불행한 육신 같으니."

그러고서 자기가 내뱉은 문장을 폐기하고 싶다는 듯이, 아니 강조하고 싶다는 듯이 엄지손가락을 입술에 갖다 댔다. 그 제스처가 이스마일에게는 아주 추잡하게 보였다.

　이스마일은 도대체 누가 혹은 어떤 사람들이 어머니의 시체를 그곳에서 빼낼 수 있었는지, 도대체 어떤 의도를 가지고 어디로 옮겼는지 도저히 종잡을 수가 없었다. 이스마일은 그 남자가 언급한 그 장례와 관련된 '조직'에 대해서는 단 한 번도 들어본 적이 없었다. 술집을 나와 그 특이한 제보자와 헤어지고 나서부터 이스마일은 명치에 고통스런 압력을 느끼기 시작했다. 금방이라도 토할 것 같은 느낌이 들었다. 그 당시 국가의 보이지 않은 손들이 정적의 시체를 파헤치는 것은 드물지 않은 일이었지만, '그 여자'는 남편의 일에는 단 한 번도 관여한 적이 없고, 남편이 국무부의 총책임자로 일하던 몇 개월 동안에는 더더욱 개입한 적이 없었다. 더욱이 '그 여자'가 걸렸던 병의 첫 번째 징후들이 그 당시에 이미 나타나기 시작했는데, 그녀에게 어떤 적들이 있을 수 있다는 말인가?

그날 밤 이스마일은 좀체 잠을 이루지 못했다. 겨우 잠이 들었지만, 파헤쳐진 무덤들과 이스마일 자신이 방향을 잃은 채 밖으로 나가는 문을 찾으려 헤매고 있던 납골당들 사이로 두건을 쓴 남자들의 모습이 나타나는 꿈을 꾸고는 잠을 설쳐버렸다. 꿈속에서 이스마일은 나뭇가지 하나가 방 유리창에 부딪치는 것 같은 날카로운 충격음을 들었다. 그 소리는 비몽사몽간의 불확실한 현실에서 반복되었는데, 그때, 이스마일은 자신이 눈을 떴기 때문에 이미 잠에서 깨어 있는 상태라고 생각했다. 그는 젊은 여자 하나를 보았다. 왼손을 금도금 문손잡이에 올려놓은 채 문설주 옆에 서 있었다. 오른손에 종이나 작은 잔처럼 보이는 하얀 물건을 들고 있었는데, 그 이미지는 초점이 아주 흐릿했다. 여자는 몸을 비틀거리더니 알아듣기 힘든 말 몇 마디를 더듬거리고는 뒷걸음질을 쳐서 복도 쪽으로 나갔다. 그러고는 땅바닥에 뭔가가 부딪치는 날카로운 소리가 들려왔다. 그 순간 이스마일은 시꺼먼 나무 패널 위에 드러누워 있는 그녀를 발견했다. 그녀의 머리카락이 얼굴 한쪽 위에 어지럽게 흐트러져 있고, 코에서는 아주 가는 피 한 줄기가 흘러나오고 있었다. 아무런 움직임이 없었다. 허벅지를 온전하게 가릴 수 없는 하얀 나이트가운을 입고, 자신의 몸 상태가 으슬으슬 좋지 않다고 생각했는지 파란 크레이프 숄만 어깨에 두르고 있었다. 숄은 그녀가 쓰러지면서 나무 패널 위에 뱀처럼 구불구불 주름져 있었다. 어스름 속에는 그녀 말고 다른 사람, 즉 검은 옷을 입은 나이 든 여자도 있었다. 상복을 입은 이 여자는 접시 모양의 촛대를 손에 든 채 복도에 들어서더니 대경실색하면서 쓰러져 있던 여자 옆에 무릎을 꿇었다. 젊은 여자에게 말을 건네는 것처럼 보였다. 아니면 기도를 하는지, 들리지도 않을 목소리로 음모를 꾸미고 있는지, 문장 하나를 여러 번 반복하고 있는 것일 수도 있었다. 상복을 입은 여자는 젊은 여자의 몸을 돌리려고 어깨를 흔들어대고, 조바심에 사로잡혀 뺨을 때리기도 했다. 그러나 젊은 여자는 아무런 반응도 보이지 않았다. 없는 것처럼 조용했다. 그녀는 눈을 감은 것이 아니라 밤색 눈을 암사슴처럼 동그랗게 뜨고 있었는데, 초점도 없고, 무엇을 보고 있다는 기색도 없이 눈빛은 흐릿했다. 그럼에도 이스마일은 그 여자의 눈이 일고의 의심도 없이 어머니의 눈이라는 사실을 알았고, 그 순간 그는 비로소 자신이 여전히 꿈 속에 있다는 사실을 깨달았다.

비정상적이리만큼 선명한 그 장면들은 이스마일의 뇌 어느 부분에서 나오는 것일까? 아주 오래전에 들은 대화의 의미가 무엇인지 제대로 파악하지 못하고 있던 이스마일의 뇌리에 떠오른 장면은 상상이었을까, 기억이었을까? 정원 자갈길 위로 차바퀴가 굴러갈 때 들리는 삐걱거리는 소리, 저택 뒷문에 달려 있는 쇠 노커 소리 등 그가 처음으로 들었던 소리들이 존재하는 아득히 먼 과거. 기오르크 박사는 곧장 주방으로 들어가게 되어 있는 하인 전용 출입문을 통해 허물없이 집을 들락거리고 있었다. 그는 원통형 손전등, 여러 주사기, 에틸 냄새를 물씬 풍기는 파란색 불꽃에 쟁반을 달궈 소독하던 피하 주사용 바늘 몇 개, 등에 닿던 차가운 느낌을 이스마일이 아직도 기억하고 있는 미음(微音) 청진기가 담겨 있는 가방을 탁자에 올려놓았다.

하지만 이스마일의 온몸을 오한으로 벌벌 떨게 한 것은 그 기억이 아니라 특이하게도 그 기억과 결합되고 발산되는 알코올 냄새, 그리고 문이 닫히는 소리를 들으며 떠오른 다른 기억이었다. 그 문 뒤로 외양간에서 죽어가는 어느 동물이 그러는 것처럼 격렬하고 다급하게 숨을 헐떡거리는 소리가 들렸다는 생각이 떠올랐다. 이스마일은 침대 위에서 이리저리 뒹굴면서 머리를 갸우뚱거리다가 마침내 이마가 땀으로 범벅이 된 상태로, 자신이 어디에 있는지 여전히 확실히 인식하지 못해 어안이 벙벙한 상태로 팔짝 뛰듯이 상체를 일으켜 세웠다.

'악몽이군.'

그가 생각했다. 저기 밖, 사각형 창문 뒤로 자줏빛 동이 터오기 시작하고, 바람이 밤나무 가지를 거세게 흔들고 있었다.

이스마일은 어머니가 어떤 특별한 이유 때문에 사람들 입에 오르내리지 않는, 어떤 병을 앓다가 돌아가셨다는 생각을 여러 해 동안 해왔다. 이스마일이 유추한 특별한 이유는 바로, 사람들이 알바니아에서는 모든 게 죽음과 연관되어 있다고 인식하기 때문이고, 더 경건한 이유는, 사랑하는 사람을 잃게 될 가능성을 항상 내포하고 있는 어느 상처는 더 이상 덧나게 하지 않는 게 좋다고들 생각하기 때문이었다. 하지만 그에 관해 자문할 때마다 늘 명확하지 않은 동일한 답밖에 얻지 못했고, 결국 아이들은 어른들의 세계와 상대하기 위해 성장한다는 자연스런 직관과 더불어 '그 여자'에 관한 얘기는 이제 그만두어야 한다는 사실을 이해했다. 그토록 오랜 세월 인정받아온 것은 진실의 범주에 포함될 수도 있기 때문 이다. 그런 것이라면 시간이 흘러도 문젯거리가 되지도 않고, 되기도 아주 어렵다. 실제로 이스마일은 무덤을 파헤쳐 시체를 꺼내갔다는 소식이 악몽의 소용돌이를 통해 자신의 뇌리에서 그 흐릿한 장면을 목도하기 전까 지만 해도 그동안 늘 들어왔던 설명을 의심하지 않았다.

　아주 짙은 안개 속에 들어 있던 문장 하나가 이스마일 의 기억에 떠오른 것은 바로 그때였다. 그 문장에는 단 어들이 서로 연계되지 않는 등, 이스마일이 의미를 제대 로 파악할 수 있게 해주는 세부사항들이 거의 들어 있지 않았다. 이스마일은 주방의 식탁에서 홀로 볼셰비키 병 사 인형들을 가지고 놀고 있었다. 옷 위로 하얀 앞치마 를 두른 한나는 나이프, 포크, 스푼 등을 닦을 때는 늘 그러했듯이 헝가리 노래를 흥얼거리고 있었다. 이스마 일은 밖에서 들려오는 '그 여자'의 목소리, 아주 젊은 사람이 부지불식간에 터뜨린 경쾌한 웃음소리와 뒤섞인 목소리를 들었다. '그 여자'가 반짝거리는 이를 드러내며 주방으로 들어섰는데, 외투에는 눈송이가 묻어 있었다. '그 여자'는 장갑을 끼고, 가죽 모자를 쓰고 있었다. 한나에게 인사를 하고는 아이에게 다가가 추위로 빨갛게 부풀어오른 볼에 입을 맞추었다. 하지만 하녀 한나는 '그 여자'의 인사에 답례를 하지 않았다. 아니 아주 특이한 방식으로 답례를 했다. 한나가 다음과 같은 식으로 말했던 것이다.

"지나치게 멀리 나가버리셨다고 생각하지 않으세요?"

"그 얘긴 그만해요, 한나."

'그 여자'는 얼굴을 찡그리며 한나를 타박했다. 장갑을 벗어 뜨겁게 달군 조리용 철판 위로 언 손을 올렸다. 두 사람이 다른 말도 주고받았을 테지만, 이스마일은 한나의 마지막 말만 기억하고 있었다. 그 이유는 당시에 이해할 수 없었던 그 말의 의미 때문이 아니라, 제아무리 상전의 신임을 받고 있다 할지라도 집안일을 하는 아랫사람과는 어울리지 않은, 경고와 은밀한 위협이 담긴 어조 때문이었다. 한나가 말했다.

"만약 이런 식으로 계속 유지된다면 불행이 닥칠 겁니다, 부인."

한나는 엄지손가락을 입술에 갖다 댔는데, 그 제스처는 자기 나라의 농부들이 악령을 몰아내려는 미신적인 행동과 똑같았고, 샤레의 공동묘지 매장인이 술집에서 했던 것과도 똑같았다. 아마도 이스마일이 잊고 있던 그 문장을 떠오르게 해준 것은 바로 그 몸짓이었을 것이다. 과장된 몸짓이 어린아이에게는 짙은 인상을 남기는 법이다.

이스마일은 빅토르와 대화하기 좋은 순간을 하루 종일 기다리고 있었다. 빅토르에게 시체 도굴 문제를 아직은 얘기하고 싶지 않았으나 몇 가지 물어볼 것이 있었다. 형이 당을 위해 봉사하는 아버지의 일을 거들기 시작한 이후로 공식적인 업무가 바빠지는 것 같았기 때문에 형과 대화할 적절한 기회를 잡는 일이 쉽지 않았다. 하지만 오후 새참 나절에 서재에서 형과 단둘이 만날 수 있었다.

빅토르는 얼굴에서 차갑고 매정한 느낌을 주는 그 육감적인 입술과 얼굴 생김새를 이스마일과 함께 어머니에게서 물려받았지만, 근래들어 표정이 바뀌어 있었다. 빅토르는 또래 젊은이들에 비해 약간 뚱뚱한 몸 때문에 실제 나이보다 더 성숙해 보였다. 등 근육은 여전히 탄탄했지만, 상체 앞부분은 나무 술통처럼 변해 가고 있었다. 몸을 많이 움직이지 않은 탓도 있겠지만, 결혼을 하면서 몸이 많이 불어 있었다. 이런 현상은 결혼한 남자들에게서 흔히 나타났는데, 이렇듯 살찌는 과정을 규정하기 위해 터키어에서 유래한 단어 하나가 산악 지방 방언에 보존되어 있었다. 번역하자면 '주인화(主人化)' 혹은 '주인이 됨'이다.

이스마일은 벽의 나무 판지에 걸려 있는 초상화에 시선을 보냈다. 그 초상화의 주인공은 젊은 얼굴에 뭔가 깊이 몰두해 있는 표정으로 고개를 약간 옆으로 기울이고, 손으로 괴고 있었다. 이마가 훤칠하고 입술이 관능적이었으나 색깔이 너무 짙어 자줏빛에 가까웠다.

"심장병에 걸린 사람처럼 입술이 보랏빛이었어." 이스마일은 큰 소리로 말했으나 자기 자신에게 속삭이는 것처럼 은밀하게 들렸다. 그러고서 형에게 몸을 돌려 물었다. "형은 '그 여자' 기억 나?"

빅토르는 깜짝 놀란 듯 손에 들고 있던 서류에서 눈을 떼고 고개를 들었다. 예상치 못한 질문이었다.

"응, 그래…… 가끔." 빅토르가 대답했다. "시간이 많이 흘렀구나."

"잘 봐." 이스마일이 초상화 윗부분을 손가락으로 가리키며 말을 이었다. "관자놀이 부분이 희멀겋고 파르스름하잖아." 그러고서 형을 향해 얼굴을 돌리고 물었다. "정확히 뭐 때문에 돌아가셨는지 형은 알지?"

"몸이 좀 허약하셨어." 빅토르가 약간 허둥대며 대답했다. "하지만 그건 그렇고, 도대체 뭐 때문에 지금 그런 걸 묻는 거냐?"

"나도 잘 모르겠어…… 갑자기 생각이 나서 말이야. 모든 죽음이 다 똑같은 건 아니잖아. 다른 죽음보다 유독 더 나쁜 죽음이 있기도 하고. 형은 그런 생각 안 들어? 자살을 하거나 꾐에 빠져 죽기도 하고, 자기 의사와는 관계없이 타인의 칼이나 총기 등으로 살해되거나 독살당하는…… 그런 경우도 있잖아."

"그런데 너 지금 무슨 뚱딴지같은 소리를 하고 있는 거냐?" 빅토르가 이스마일의 말을 잘랐다.

"만약 '그 여자'가 몸이 아팠다면 왜 병원에는 단 한 번도 가지 않았을까?"

"너도 나처럼 잘 알다시피 기오르크 박사님이 우리 집에 오셔서 보살펴드렸잖아. 네가 늑막염에 걸렸을 때도 마찬가지였고."

"그런데 그 이후로 우리가 기오르크 박사님을 다시는 보지 못한 이유가 뭘까? 형은 이상하다고 생각해본 적 없어?"

이스마일이 따지고 들었다.

"너 요즘 소설을 너무 많이 읽는구나."

빅토르가 소파에 등을 기대더니 아들을 나무라는 아버지 같은 눈빛으로 이스마일을 쳐다보며 말했다. 하지만 빅토르의 두 눈은, 마치 자기 말이 의미하려고 하는 것 이상을 밝히지 않도록 진정으로 애쓰고 있는 것처럼 흐릿해졌다.

이스마일은 형의 그런 시선이 싫었다.

8

그는 버스 차창에 머리를 기대고 있었다. 유리 차창에
전달되는 엔진의 진동을 들으며 잡념을 떨쳐내고 있었
다. 티라나와 피에르 사이를 운행하는 낡은 버스들이 강
한 고무 냄새와 연료 냄새를 쏟아내고 있었다. 비 때문
에 도로가 훼손되어 울퉁불퉁했다. 버스가 움푹 팬 곳으
로 들어갔다가 불룩 솟은 곳으로 올라오기를 반복할 정
도로 도로 사정이 열악했다. 버스는 그렇게 100미터,
100미터를 차근차근 달리고 있었다. 다리 하나를 건너
고, 기괴한 형상을 지닌 슬레이트 색깔의 구릉 한 무리
를 통과했는데, 구릉의 기슭마다 점을 뿌려놓은 듯 흩어
져 있는 집들이 버스가 모퉁이를 돌 때마다 반복해서 나

타났다 사라졌다. 또 구릉과 색깔이 비슷한 군사기지를 스쳐 지나가기도 했다.

이스마일이 그런 식으로 여행을 한 것은 그때가 처음이 아니었다. 한나를 마지막으로 찾아간 지도 벌써 여러 해가 흘렀다. 버스가 느드록(티라나의 근교—옮긴이)의 작은 마을 입구에서 차 운행 시간표와 정부의 공보들을 못으로 박아 놓은 광고판 옆에 정차했을 때 이스마일은 여정뿐만이 아니라 그 무언가의 마지막에 도착했다는 느낌을 받았다. 현기증이 났다. 얼굴이 창백해져 있었다.

시골 우체국 건물 모퉁이에는 전구 하나가 깜박거리고 있었다. 정오 무렵이었지만 하늘에는 구름이 잔뜩 끼어 있었고, 바람이 전신주의 전선을 흔들어 전등이 촛불처럼 흔들리고 있었다. 11월의 차가운 공기와 습기를 머금은 구름을 향해 지붕 위로 젖은 장작 태우는 연기가 솟아올랐다. 옛 유모의 집을 향해 가는 도중 아프리카나래새(밧줄, 신발, 베, 종이 등의 원료가 되는 풀의 일종—옮긴이)로 짠 광주리에 밤을 가득 담아 들판에서 돌아오는 여자 몇과 마주쳤다. 양털로 짠 검은색 히잡으로 머리와 얼굴을 가린 여자들은 상체를 숙인 채 바람을 거슬러 걷고 있었는데, 바람을 맞아 비틀거리고 있었다. 그들의 모습이 마치 성에 낀 유리창을 통해 보이는 것 같았다. 어느 여자도 자신의 인사에 답례하지 않았다는 사실을 깨달으며 이스마일은 그 상황이 정확하게 100년 전과 똑같다고 생각했다. 여자들이 외지인에 대해 100년 전과 다를 바 없이 두려움과 불신감을 드러냈던 것이다.

이스마일은 바닥에 흙이 깔린 작은 광장을 건너 골목길로 접어든 뒤 초록색 문이 달린 어느 집으로 갔다. 둥그런 고리 모양 노커를 두 번 두드리고 숨을 고르면서 기다렸다. 다리를 약간 저는 한나가 벌건 손을 앞치마로 닦으며 문간에 나타났다. 한나는 찾아온 사람이 이스마일이라는 사실을 확인하고는 비명을 질렀다. 그러더니 이내 한 손으로 입을 막았다. 즐거움을 억누르는 그녀만의 미신적인 방식이었다. 그 즐거움이 마치 죄라도 된다는 듯 마음속에 가두어 버리려는 것이었다. 한나는 행운을 어떤 식으로든 드러내면 불행이 찾아올 수 있으며, 같은 식으로 건강을 과시하다가는 병에 걸릴 수 있다고 믿었다. 한나가 일부러 그렇게 행동한 것이 아니었다. 그런 행동은 질투심 많은 신령들이 어떤 식으로든 자기의 행복에 해를 끼칠 수도 있다는 두려움 때문에 최소한의 기쁨마저도 숨기려 하는, 당시 시골에 아주 널리 퍼져 있던 사고방식에서 비롯된 것이었다.

"아이고, 내 아들."

놀라움이 가시자 한나는 낮은 목소리로 말하며 팔을 들어 이스마일의 얼굴로 가져갔다. 그녀는 까끌까끌한 턱 아래 숨어 있던 유년의 얼굴을 촉감으로 인지했다. 이스마일이 눈앞에 있다는 것이 도저히 믿기지 않는다는 듯 고개를 좌우로 흔들고 그를 힘껏 껴안았다. 이스마일은 한나가 몇 살인지 정확하게 계산할 수 없었다. 머리는 완전히 하얀색으로 변해 있었다. 머리카락은 한 가닥으로 묶었고, 얼굴은 올리브색이었다. 그녀의 몸은 삶의 여러 비밀을 짓눌러 뼛속에 숨겨놓기라도 한듯 여전히 강하고 단단해 보였다. 이렇듯 시골에 사는 사람들은 다른 방식으로 늙어간다.

한나 역시 깊은 주름살로 둘러싸인 눈을 반쯤 감은 채 감동에 젖어 있었다. 그녀는 기저귀를 갈아주던 아이들에게서 나타난 신체적 변화를 조사하는, 나이 많은 여자들처럼 이스마일을 관찰하면서 감탄을 숨기지 않았다.

"넌 어렸을 때 항상 아팠어. 울기만 해도 얼굴이 검붉어져서 그리 오래 살지는 못할 거라 믿었는데……. 지금, 네 모습 좀 봐라."

한나는 자부심에 젖어 이스마일에게서 눈을 떼지 않고 큰 소리로 말했다. 두 사람은 다시 싹이 날 정도로 오랫동안 보관해 둔 광주리의 양파 더미 옆에서 부엌의 온갖 냄새를 맡으며 얼굴을 마주 보고 앉았다. 냄비 하나가 불 위에 놓여 있고, 난로 위에 매달려 있는 철사줄 끝에서 다른 쪽 끝까지 행주가 여러 장 걸려 있었다. 마음이 차분해진 두 사람은 말없이 서로를 조사하고 있었다. 잠시 후 한나가 불 위에서 끓고 있던 고깃국을 대접 둘에 채웠다.

"아버지는 안녕하시니?"

한나가 대접을 이스마일에게 건네며 물었다.

"여전히 잘 계셔요. 더 늙으셨고요."

"빅토르는? 라프쉬(알바니아의 고원지대로, 관습법 '카눈'을 유지하고 있음─옮긴이) 출신 아가씨랑 결혼했다고 알고 있는데. 그 산간 지방 여자들은 아주 미인이라고들 그러지."

"그래요, 미인이에요. 대단한 미인이죠." 이스마일은

아주 뜨거운 국물을 한 모금 마시면서 대답하고 대접을 탁자에 내려놓았다. "이름이 헬레나예요."

한나는 나빠진 시력이 허용하는 것 이상을 보고 싶을 때 늘 그렇듯이, 눈동자를 작게 오므려 이스마일을 관찰했다. 아마도 이스마일의 얼굴에서 그와 유사한 다른 얼굴을 찾는 모양이었다. 나이가 많은 사람들은 신체적으로 닮은 사람들을 보면 감동하는 법이다. 한나의 작고 예지력 있는 눈이 순간적으로 붉어지면서 촉촉하게 젖어 반짝거렸다. 하지만 한나는 이내 평정심을 되찾고 대화를 이어나갔다.

"너도 결혼해야지, 아들아. 남자가 혼자 사는 건 좋지 않아." 무릎 위에 놓인 한나의 손이 떨리고 있었다. 이스마일이 보기에 한나가 하는 말은 충고를 하는 오랜 습관에서 비롯된 것이 아니라 어떤 슬픔에서 비롯되는 것 같았다. "너희 남자들은 혼자 살 줄 모르잖아. 넌 젊고 외모가 반듯해. 그 사람을 아주 많이 닮았어……."

한나가 꿈을 꾸듯 말했다. 그녀의 두 눈에는 과거의 장면이 그려지고 있었다. 아마도 저택 정원의 풍경을 떠올리는 모양이었다. 당시 돌고래 분수가 뿜어대던 물은 투명한 음악 같은 소리를 냈고, 나무 사이로 난 길에는 하얀 자갈이 깔려 있었다. 한나는 빳빳하게 풀 먹인 앞치마를 두른 채 아이 둘의 손을 잡고서 그 오솔길을 산책했다. 한나는 갈수록 더 강하게 휘감아버리고 최면을 거는 것 같은 목소리로, 과거를 추억하는 목소리로 말을 하고 있었다.

"내가 그 남자를 처음 봤을 때 나이가 지금의 너보다 조금 많았을 거야. 스물다섯이나 스물여섯 정도……."

이스마일은 그 말에 동의하지 못한다는 표정을 감출 수 없었다.

"내가 아버지와 닮았다는 말을 한 사람은 지금까지 단 한 명도 없었어요."

이스마일이 반박했다.

"난 지금 자눔을 얘기하고 있는 게 아니다, 아들아."

한나가 아주 간명하게 짚어주었다.

이스마일은 놀랍기도 하고 약간 걱정스럽기도 해서 연민을 품은 채 옛 유모를 바라보았다. 이런 시선은 사랑을 많이 받은 사람들, 그리고 나이가 많아 가끔 혼란에 빠져 본의 아니게 길을 잃어버리는 노인들을 쳐다볼 때 드러난다. 이스마일은 한나의 입에 세로로 새겨진 주름살, 느릿한 동작, 머리를 오른쪽으로 약간 기울게 하는 굽는 등을 관찰했다. 한나의 뇌리에서는 시간의 끈들이 이미 풀어져 있을지도 몰랐다. 하지만 이스마일은 이런 생각들을 제쳐 두고 한나의 말을 끊지 않은 채 심문하는 태도로 눈썹만 치켜세웠다.

"서재를 환기시키기 위해 2층 발코니 문을 열어 놓았지." 한나가 말을 이었다. "위에서 보니까 그 사람은 행상인처럼 보이더라. 그 사람이 집 문을 여러 번 두드렸어. 내가 문을 열어주러 나갔는데, 그 사람은 추위에 언 발을 풀기 위해 문간 계단에 발을 탁탁 쳐 대면서 서 있더구나. 키가 너처럼 크고, 눈에는 뭔가가 들어 있었는데, 글쎄 그게 뭔지는 잘 모르겠다······. 호의를 불러일으키는 그 무엇이었는데, 그게 내 마음을 움직였지. 그런 재능을 지니고 있는 사람이 있는데, 그건 그 사람이 지닌 가치나 장점하고는 아무런 상관이 없어. 오히려 그 사람의 본성과 관계가 있단다. 그건 천부적인 재능이거든. 그 남자는 목이 긴 부츠를 신고 있었는데, 바지 밑단을 부츠 목 속에 집어넣은 채 외투라기보다는 커다란 담요처럼 보이는 기다란 펠트 망토를 걸치고 있더구나. 나는 적잖게 놀랐어. '부르카(눈을 포함해 머리부터 발끝까지 신체의 모든 부분을 가리는 무슬림 여성의 의상—옮긴이)'를 착용한 사람을 지금까지 본 적이 없었거든. 손에 가죽가방을 들고 코카서스에서 왔는데, 눈빛을 보아하니 산간 지방의 나병에 대한 두려움이 역력하더구나. 그곳에서 힘들게 지냈던 게 틀림없었지. 그 지방 사람들은 야생동물, 산양, 자칼 등과 뒤섞여 산다는 소문이 있었거든. 나는 그 사람이 스스로가 원해서 그곳에 갔을 거라곤 생각하지 않는다."

한나가 상상 속의 인물이 아니라 기오르크 박사에 대해 얘기하고 있다는 사실을 이스마일이 눈치 챈 것은 바로 그때였다. 이스마일은 명치에 못이 박힌 것 같았다.

"그 사람이 추방당했다고 말하는 거예요?"

이스마일이 물었다.

"아니. 그래, 난 잘 몰라……. 수많은 사실이 드러났지. 하지만, 아니야. 난 그렇게 생각하지 않아. 그 당시에는 강제 이주가 시작되기 전이니까. 개인적인 이유가 있었겠지. 아마도 그 사람이 뭔가를 증명해야 했을 거라는 생각이 드는구나. 고독은 아주 나쁜 것이지……. 하지만 넌 내 말에 신경 쓰지 말거라, 아들아. 게다가 지금 그 모든 게 뭐 그리 중요하겠니. 아주 오래전에 지나간 추억 같은 거니까 나 같은 늙은이나 기억하는 거란다."

한나는 이렇게 말하고 가까스로 의자에서 일어나려고 애를 썼다.

"기다려요, 한나." 이스마일은 진지한 목소리로 말하며 그녀의 팔뚝을 붙잡았다. "기다려요, 제발. 난 아주 오래전에 일어난 일을 듣고 싶어서 일부러 유모를 만나러 온 거란 말이에요. 유모한테서만 들을 수 있는 그런 것들 말이에요." 이스마일은 다그치는 어조에 간절한 마음을 실어 덧붙였다. "나한테 그걸 얘기해줘야 해요, 한나. '그 여자'가 어떻게 죽었는지 말해달라고요."

"나는 아무것도 모른다, 아들아." 노파가 떨리는 목소리로 말했다. "내가 뭘 얘기해줄 수 있겠니? 그 일이 일어난 뒤부터 나는 다 잊어버리려고 애써 왔다. '그 여자'에 대해서는 항상 처음 만나서 함께 살기 시작했던 시절만 기억하고 싶구나. 생동감이 넘치고…… 그 당시는 어떤 일이 일어날지 그 누구도 상상하지 못했지." 한나의 시선이 다시 과거를 회고하듯, 꿈을 꾸는 것처럼 멍해졌다. "젊었을 때는 다들 아무 생각이 없는 법이야. 불행이나 여러 문제들, 그 모든 건 너무 멀리 있는 것 같아서 다른 사람한테나 일어날 것처럼 보인단다. 삶 전체는 하나의 선물처럼 보이는데, '그 여자'는 너무 젊어서 앞으로 일어날 일에 전혀 감을 잡지 못했어. 열정과 조바심이 넘치고, 소녀나 다름없던 때에 이 나라에 왔기 때문에 이곳의 상황들이 의미하는 바를 전혀 이해하지 못했지. 미래를 예견할 수도 없었어. 이해는 항상 너무 늦게 이루어지는 법이잖아……." 한나는 잠시 말을 끊었는데, 아마도 이스마일에게 자세한 것들을 얘기하지 않으려고 작정한 것 같았다. 하지만 짧은 침묵이 흐르는 동안 눈앞의 청년이 그녀가 밝힌 어정쩡한 진실에 동의하지 않으리라는 사실을 알아차렸는지 다음과 같이 덧붙였다. "'그 여자'는 이미 몇 개월을 산송장으로 지내다 결국 죽었어."

한나는 시선을 내리깔더니 나무로 된 탁자의 무늬 결이 마치 해석을 해야 하는 상형문자라도 된다는 듯 내려다보았다. 위태위태하게 이어지는 한나의 고갈된 숨소리만이 들리고 있었다.

"그…… 그게 무 무슨 말이에요?"

자신의 애를 태우고 있는 그 휴지기를 더 이상 참을 수 없게 된 이스마일이 더듬거렸다.

"이미 죽은 상태였다니까." 한나는 아주 가느다란 목소리로 말을 이었다. 이스마일은 그녀의 말을 듣기 위해 의자를 잡아당겨 가까이 다가갔다. "사람들이 말하던 그 일이 벌어지고 나서, 자신이 그렇게 하찮은 여자로 변해버리고 삶이 망가져버렸다는 사실을 알아차린 뒤로 '그 여자'는 살아갈 의미가 없어져버렸지. '그 여자'는 그렇게 공포에 질려 있었어. 너희는 아직 어렸고…… '그 여자'는 잠을 거의 잘 수 없어서 수면제를 복용해야 했는데, 그것마저도 부족했지. 자주 뭔가에 깜짝 놀라서 깨어났어. 하지만 그날 밤 '그 여자'는 수면제를 복용하지 않았어. 알약 두 개가 침대 사이드 테이블에 카밀레(국화과의 한해살이풀 또는 두해살이풀, '캐모마일'이라 불리기도 함—옮긴이) 찻잔과 더불어 고스란히 놓여 있었던 거야. 음식을 먹을 수도 없었지. 숨어서 울었고, 얼굴에는 공포가 가득했어. 나는 사람들이 '그 여자'한테 뭐라 말했는지,

뭘 가지고 '그 여자'를 위협했는지 잘 몰라. 하지만 '그 여자'는 이미 죽어 있고, 존재하지 않고, 제거된 사람 같았어. 이 표현은 당시에 사람들이 입에 오르내리던 걸 그대로 옮긴 거야. 그땐 그런 식으로 단정 짓기만 하면 되는 상황이었어. 이젠 너도 애가 아니잖니. 그걸로 충분했어. 그땐 그런 말이 이미 준비되어 있어서 그렇게 단정 짓기만 하면 됐다니까. '제거당하는 것'. '그 여자'는 이미 사망 상태에 있었어."

"하지만, 왜죠?"

이스마일이 물었다.

"왜냐고, 왜냐고, 왜냐고, 왜 그랬는지 누가 알겠니……? 모든 건 일순간에 꼬여버릴 수 있어. 무의미하고 사소한 것이라도 부풀려지게 되면 나중에 아무도 막을 수 없게 된단다. 높은 사람들은 뭘 알고 있어도 당연히 아무 말도 하지 않잖아. 질문은 아랫사람들한테, 운전수들한테, 경호원들한테 해야 하는 거야. 수많은 얘기가 오갔지. 어느 날 오후 엘바산 가는 길에서 뭔가가 폭발해 집의 모든 유리창을 뒤흔드는 소리가 들리더구나. 도대체 무슨 일이 일어났는지 보려고 집 밖으로 뛰어나가 보니 보안국 소속 차 몇 대하고 앰뷸런스 한 대가 와 있더구나. 발파용 구멍이 폭발해 석공 한 명이 사망했다는 소문이 나돌았지만, 간호사들의 말에 따르면 희생자는 한 명이 아니라 두 명이었어. 그 사람들이 '나쁜 죽음'을 당했는데, 이 말은 그런 죽음을 직접적으로 언급하지 않기 위해 사용되던 표현이었지. '나쁜 죽음', '불행에 처하다', '누군가를 제거해버리는 것'이 당시 오가던 말들이었어. 그 며칠 동안 여러 쓰레기장에는 수많은 주검이 나타났지. 목을 매단 주검, 목덜미에 총알을 맞은 주검도 있었는데, 가장 처참한 건 눈을 뜨고 있는 주검이었어……. 마치 마지막으로 본 것에 시선이 머물러 있기라도 하는 것처럼 말이야. 그게 얼마나 무시무시한지는 하느님만이 아시지! 죽은 자의 눈을 감겨주기 위해 가족들은 주검의 눈동자를 동전으로 덮었는데, 가끔씩은 그렇게 할 수도 없는 주검이 있었단다. 그럴 때면 그 주검들의 표정에서 그런 공포를 지워버리기 위해 손수건으로 얼굴을 덮기도 했단다. 네 어머니는 자신에 대한 두려움만 있었던 게 아니었어. 대단히 고통스러워했단다. 나는 그렇게 고통스러워하는 사람은 여지껏 본 적이 없다."

"하지만, 왜죠? 무엇 때문에 '그 여자'가 겁에 질리게
됐나요?"

한나는 휴지기가 자연스럽게 보이도록 잠시 동안 아
무 말도 하지 않았다. 그녀는 이스마일의 물음을 듣지
못했다는 듯 말을 계속했다.

"아주 많은 시간이 흐르고 나서 많은 말이 나돌았어.
신문들 역시 네 아버지가 맡고 있던 직무와 연관 지어
기사를 실었단다. 하지만 실제로 무슨 일이 일어났는지
아는 사람은 별로 많지 않아. 틀림없어. 난 '그 여자'를
품 안에 감싸 안고 있는 것처럼 잘 알고 있었지만, 그 이
유에 대해선 나조차도 확실하게 알지 못했으니까."

"그렇다면 아버지가 그 사건을 명확하게 밝히려는 노
력을 전혀 하지 않았다는 말인가요? 아버지는 국무부에
근무하고 계셨다고요."

"아이 참, 얘야. 나 또한 네 아버지를 얼마나 자주 생
각했는지 넌 아마 모를 거다. 남자들한테 그런 고통은
몸속에 흐르는 피를 태워버리고, 신경을 파괴해버리고,
미치게 만들어버리는 법이란다. 네 아버지는 서재에 틀

어박혀 술만 퍼마셨어. 가끔씩 제정신이 아닌 것처럼 벽과 가구를 손으로 내려치는 소리가 들렸지. 네 아버지가 서재 한쪽 끝에서 다른 쪽 끝까지 며칠 동안 쉬지 않고 왔다 갔다 하는 소리가 지금도 들리는 것 같구나…….
사형 선고를 받은 사형수의 발걸음 소리 같았지. 네 아버지는 그 누구하고도 말을 하려 들지 않았고, 만나려고 하지도 않았어. 심지어 너희 둘도 보려고 하지 않았어."

"그럼 기오르크 박사님은요? 왜 박사님은 아버지도, 우리도 다시는 보러 오지 않았던 거죠?"

그 순간 가슴받이가 달린 회색 작업바지를 입고 얼굴에 검은 연탄 자국이 묻어 있는 남자 하나가 부엌으로 들어왔다. 그는 부엌 밑에 있는 작은 창고에 저장하기 위해 연탄을 가득 실은 작은 손수레를 끌고 있었다. 그 남자는 아래턱이 조금 빠져 있었는데, 그 모습을 본 이스마일은, 무슨 이유인지, 유년 시절에 보았던, 말없이 가로등의 불을 밝히는 옛 인부들을 떠올렸다. 그들은 횃불을 매단 기다란 장대 하나를 들고, 늙어서 털이 다 빠져버린 개 한 마리를 대동한 채 밤안개를 뚫고 불쑥 튀어나왔다. 어린아이들을 놀래주려고 그들에 관한 음산한 전설들이 인구에 회자되었다. 그 남자는 특이한 후음(喉音)으로 인사말을 하고 무언가를 기다린다는 듯이 그 자리에 그대로 서 있었다.

한나는 많은 말을 하느라 진이 빠졌다는 듯 눈에 띄게 피곤해하며 두 손으로 탁자 모서리를 잡고 일어났다.

"사랑하는 아들아, 그건 말이다……." 한나는 한편으로는 체념한 듯하고 다른 한편으로는 인내하는 듯한 어조로 말했다. 어머니와 같은 음성이었다. "그건…… 다른 날 얘기할 수 있게 해주렴, 부탁한다."

9

　이스마일은 네다섯 살 무렵의 어느 광경을 떠올렸다. 어느 날 오후, 자신이 밤나무로 만든 트렁크 속에 숨어버리자 식구들이 "이스마일, 이스마일⋯⋯" 하고 부르며 방이란 방은 다 찾아 헤맸다. 처음으로 어머니의 속옷을 탐사하고 있었던 이스마일은 한 번도 본 적이 없던 레이스로 만든 검은 브래지어가 풍기는 라벤더 향기를 맡으며 아무 대답도 하지 않은 채 트렁크 속에 머물러 있었다. 트렁크 속에 든 것은 새틴으로 만든 속바지, 잇대어 만든 비단 스타킹, 백단향나무로 만든 부채, 선물 포장지로 포장한 술 달린 파란색 숄이었다. 그러나 아무리 애를 써봐도 이스마일은 그런 옷을 입었던 사람의 얼굴도, 몸도 정확하게 기억할 수 없었다. 그렇게 도저히 떠올릴 수 없는 이미지들이 있다. 반드시 기억해야 하기 때문에 무슨 수를 써서라도 생각해내려고 노력해보지만, 기억하고 싶은 것만 기억하는 변덕스러운 기억력은 안개 뒤편으로 기억을 감춰버리고, 핀으로 고정시켜놓은 막연한 느낌만 남겨둔다. 이스마일은 원근법에 따라 그려진, 얼굴이 아주 창백한 어느 여자의 금방 사라져버리는 이미지를 겨우 붙잡을 수 있었다. 그 여자는 항상 창가에 나타나 밖을 내다보고, 누군가에게, 이웃사람에게, 평소보다 더 오래 머무른 어느 손님에게 발코니에서 손을 흔들어 인사하고, 발코니 문을 조금 열어 둔 채 생글거리며 노래를 흥얼거렸다. 그 노래는 자신들의 내밀하고 비밀스런 행복의 순간이 관찰당하고 있다는 사실을 모르는 여자들, 누군가로부터, 즉 접이식 문 뒤에 있는 남편으로부터, 혹은 트렁크 속에서 귀를 쫑긋 세운 채 들리는 말을 제대로 이해하고 기억하기에는 너무 어린 아이로부터 감시당하는 여자들이 무의식적으로 부르는 것이다.

한나와 대화를 나눈 뒤 이스마일은 자신의 가장 아득

한 기억 속에서뿐만 아니라 사물들 사이에서, 심지어는 서류와 책들 사이에서까지 뭔지는 잘 모르겠지만 어떤 흔적을 찾아 조사해야겠다고 다짐했다. 이스마일은 뭔가를 캐는 눈으로 자기 자신을 되돌아보았지만, 자신이 사물들과 맺은 옛 관계를 복원할 수는 없었다. 그 사물들은 마치 이스마일이 미래보다는 과거를 더 두려워할 거라는 듯, 향수와는 아무 관계가 없고, 종잡을 수 없는 어떤 징후와 관계가 있을 것만 같은 감정을 불러일으켰다. 모든 것이 뒤집어져 있었다. 시간 또한 다른 방식으로 흘러가고 있었고, 모든 의미가 변해 있었다.

군에서 제대한 이스마일은 난생 처음으로 집 안에 있는 소라고둥처럼 생긴 나선형 계단을 통해 빌라의 마지막 층까지 올라가 탑으로 연결되어 있는 문을 밀었다. 눈앞에 나타난 것은 온갖 잡동사니가 먼지를 뒤집어쓴 채 뒤죽박죽 처박혀 있는, 예상했던 광경이 아니었다. 이스마일은 누군가가 자신보다 먼저 그토록 무질서하게 늘어서 있는 것들을 정리했다는 사실을 알아차렸다. 그 공간의 맨 끝 벽 옆에는 이스마일이 유년 시절 가지고 놀던 장난감들이 고스란히 간직되어 있는 마분지상자들이 차곡차곡 쌓여 있었다. 태엽이 고장 나서 고친 적이 있는, 콘서티나(아코디언 비슷한 6각형 악기—옮긴이) 음악을 연주하는 회전목마, 시간을 정확하게 알려주는 개구리 시계, 왈츠 곡을 연주할 준비가 되어 있다는 듯이 연미복을 입은 꼭두각시들로 이루어진 불가리아 오케스트라도 있었다. 멋진 은도금 객차 다섯 량이 연결되어 있는 볼로그다행 기차도 있었는데, 기관차의 문에는 'V.'와 'I.'라는 이니셜이 선명하게 찍혀 있었다. 여자의 것이 틀림없는 어느 손이, 그녀 자신은 단 한 번도 본 적이 없지만 사진으로 봤거나 상상했던 장면들, 혹은 그녀에게 그 비밀을 털어놓기로 작정하고서 그녀를 게임들, 밤의 공포들, 그리고 먼 옛날 그 어수선한 저택에서 부모 없이 홀로 있던 두 사내아이의 반쯤 가려진 눈앞에서 벌어진 그 모든 사건에 개입된 누군가의 입을 통해 들었던 장면들을 두 사내의 유년 시절 유물과 함께 고이 보관하려 했던 것 같았다. 몇몇 여자들의 손은 치유력이 있고, 뭔가를 회복시킬 수 있는 자질을 간직하고 있다.

제대를 하고 집에 도착한 이스마일은 처음부터 형수의 존재가 불편했다. 형수에게 반감을 가진 것이 아니었

113

다. 그는 그녀를 침입자로 간주하고 있었던 것이다. 그녀가 공간을 점유하는 방식에는 막연하나마 뭔가 위협적인 것이 있었는데, 그게 무엇인지 이스마일은 정확하게 인식하지 못했다. 헬레나는 털양말만 신은 채 집 안을 돌아다니고 화초들을 사서 구석구석에 놓아두고, 구식 발라드를 흥얼거렸다. 언젠가 이스마일은 나뭇가지가 바람결에 흔들리는 소리를 들었는데, 그 소리가 부엉이나 황새 같은 새의 목에서 나오는 울음소리처럼 들렸다. 뒤이어 헬레나의 목소리가 들렸다. 그녀는 자기 방문을 열어놓고 아주 부드러운 멜로디를 노래하고 있었다. 헬레나는 발레리나가 춤을 추는 것 같은 동작으로 책과 화분 사이를 돌아다녔다. 가끔 복도에서 이스마일과 헬레나의 시선이 마주쳤는데, 그때마다 헬레나는 고개를 숙이고 살짝 미소를 머금었다. 그러나 엄밀하게 말하자면 헬레나는 소심한 것이 아니라 생각이 깊은 사람이었다. 이스마일은 헬레나가 주방에 있는 북 모양 세제통 위에 앉아 있는 모습을 보았다. 그녀는 팔꿈치를 무릎에 올려놓고 양손으로 턱을 괴고 있었다. 얼굴은 볼 수 없었고, 등과 블라우스의 하얀 소맷부리만 볼 수 있었다. 이스마일은 오랫동안 그녀를 관찰했다. 창문 밖에서는 빨랫줄에 걸어 놓은 침대 시트가 휘날리고 있었는데, 침대 시트의 하얀색은 석양 무렵의 어스름 속에 남아 있는 마지막 빛의 잔재였다. 채소를 재배하는 작은 온실의 기울어진 지붕선이 보이고, 그 너머로 삼나무 열네 그루가 늘어서 있는 자갈길이 보였다. 헬레나는 나무 사이에서 누군가가 곧 나타나기만을 기다리고 있다는 듯이 그 오솔길을 뚫어져라 응시하고 있었다. 그녀가 너무 깊이 몰두하고 있어서 이스마일은 그녀에게 말을 건네려는 생각을 접으려 했지만 곧 마음을 바꿨다. 아마도 헬레나가 너무 앳되고 우울해 보여서 그랬을 것이다. 그녀는 세상에서 멀리 떨어져 있는 어느 구석진 곳을 찾고 있는, 스무 살 아가씨처럼 보였다. 이스마일은 그녀에게 말을 걸어 보기로 했다.

"오늘 오후 로톤다에 계셨던 것 같더군요."

이스마일이 말했다.

헬레나는 창문에서 잠시 눈을 떼고, 고개를 살짝 끄덕여 대답했다. 그녀는 빅토르의 낡은 셔츠를 입고 운동화를 신고 있었다. 무릎은 여전히 북 모양 세제통 위로 세워져 있었다. 대화를 나누고 싶은 마음이 없는 것 같았다. 침묵이 어색해지기 시작했을 때 그녀가 고개를 돌리더니 입을 열었다.

"그렇게 멋진 장난감들은 난생 처음 봐요……."

그제야 비로소 이스마일은 헬레나의 얼굴을 제대로 볼 수 있었다. 그녀의 얼굴은 왠지 나이가 들어 보였고, 피부는 아주 창백했다. 광대뼈가 튀어나와 있었고, 눈은 높이가 약간 다른 짝눈이었다. 그렇지만 어떤 두려움도 의구심도 없이, 신뢰를 담은 눈빛으로 이스마일을 쳐다보고 있었다. 미케네 공주의 가면처럼 고색창연한 황금빛 머리카락, 즉 갈색이 감도는 황금빛 머리카락이 어깨 위에 물결처럼 퍼져 있었다. 하지만 그런 특징만 있었던 게 아니었다. 그녀의 얼굴에는 또 다른 표정이 배어 있었다. 아주 오래된 지혜, 세상 물정을 다 알아 매사에 덤덤하고 약간은 냉소적인 표정이 담겨 있었다. 이스마일을 가장 얼떨떨하게 만든 것은 그녀의 시선이었다. 그녀는 이스마일을 빨아들일 수 있는 능력을 갖고 있기라도 한 것처럼 여유 있고 관대한 낯빛을 보였다. 아마도 이스마일이 헬레나에게 말을 걸 수 있도록 북돋았던 것은 바로 그녀의 표정에 드러난 자비심이었을 것이다. 그래서 이스마일은 말을 했다. 생각을 가다듬지 않은 상태에서도 술술 이야기를 뱉어냈다. 전혀 예기치 않은 상황에서 이루어지는 대화에서는 가끔 그런 일이 일어난다. 두 사람은 형제나 아주 친밀한 가족처럼 한 시간 동안 대화를 나누었다.

"빅토르는 어렸을 때 어땠나요?"

헬레나가 부드러운 목소리로 물었다. 그 단순한 질문은 사진 속에 들어 있는 여자와 기오르크 박사가 살아 있을 때 그 빌라에서 살던 두 아이의 유년 시절을 들여다볼 수 있는 창문 하나를 열었다.

오후의 태양 빛이 주방 바닥의 판석 위로 비스듬히 깔리면서 비밀 이야기를 나누기에 적합한, 어스름한 공간을 만들어내고 있었다. 아주 오래전에 정원의 정자에서 열린 생일파티 장면을 이스마일이 큰 소리로 회고한 것은 바로 그때였다. 이스마일이 헬레나의 질문에 대답하기 위해 뇌리에 떠올려 본 첫 번째 기억이었다. 1958년 7월 12일, 빅토르의 여덟 번째 생일이었다.

"우리 모두는 기다란 가대(架臺) 테이블에 둘러앉아

있었죠. 한나와 기오르크 박사, 그리고 우리 엄마, 아빠의 친구인 부부 둘이 아이들을 데리고 참석했어요." 이스마일이 말했다. "생일파티의 주인공인 빅토르 형은 상석에 앉아 있었죠. 후식을 먹은 뒤 우리 모두는 웃고 노래를 부르면서 아주 즐겁게 놀았던 것 같아요. 바닐라 플람베(프랑스식 디저트―옮긴이) 아이스크림이 있었는데, 플람베에 붙인 파랗고 노란 불꽃이 기억나네요. 갑자기 형이 자리에서 일어나더니 자기도 학교에서 새로 배운 노래 하나를 부르고 싶다고 하더군요. 신발을 벗은 형이 벤치를 딛고 식탁의 배식용 큰 접시들과 촛불 사이로 올라섰어요. '슈키페리스(알바니아는 '독수리'를 의미하는 '슈키페리스'로도 불림. 정식 명칭은 '슈키페리스 공화국Republika e Shqipërisë'―옮긴이)'……. 형은 아주 진지하게 노래했지요. 가슴에 손을 얹은 채 노랫말 하나하나의 의미를 정확히 이해한다는 듯이 당의 청춘찬가를 틀린 곳 하나 없이 불렀어요. 잔을 하나도 넘어뜨리지 않고, 촛불에 데지도 않은 채 식탁보를 따라 앞으로 나아가면서 열정적으로 노래를 불렀어요. 그곳에 있던 모든 사람은 감동에 젖어 자리에서 일어섰지요. 형은 사람들의 박수를 받으며 식탁 의자에서 고개를 쳐들고 자기를 바라보고 있던 아버지의 품으로 의기양양하게 뛰어내렸어요."이스마일은 옛 장면이 떠오른다는 듯 미소를 머금으며 다음과 같이 덧붙였다. "아버지가 그토록 자랑스러워하시는 모습은 그때까지 본 적이 없었어요."

그러고서 이스마일은 옛 생각이 자기 뇌리에 계속해서 침묵의 고랑을 파고 있다는 듯이 몇 분 동안 깊은 사색에 빠져 있었는데, 그의 뇌리에 든 추억은 하나하나가 서로 연계되어 전체가 처음도 끝도 없이 계속되고 있었다. 그 순간, 헬레나에게 얘기했던 그 장면 뒤에 곧바로 일어난 장면이 이스마일에게 떠올랐다. 기오르크 박사가 이스마일을 품에 안고서 다정한 목소리로 귀에 무슨 말인가를 속삭인 것이다. 아마 누구도 관심을 기울이지 않을, 어린 꼬마에게 기운을 북돋아주는 말이었을 것이다. 하지만 이스마일은 기오르크 박사가 당시 자기에게 해준 말을 혼자서만 고이 간직한 채 헬레나에게 전하지 않았다. 마치 노인들을 짓누르는 피로처럼, 과도한 하중과 침하를 동반한 엄청난 피로가 어깨를 짓누르고 있다는 듯이, 이스마일은 우울한 표정을 지으며 침묵을 지켰다. 뭔가에 깊이 몰두해 있던 그 짧은 몇 분 동안, 이스마일은 당시 빅토르가 입고 있던, 심장 위에 독수리가 앉아 있는 빨간색 문장(紋章)이 그려진 셔츠를 기억했다. 그리고 제 동생을 돌봐주는 아이, 아주 점잖게 행동하는 스스로에게 살짝 짜증을 내기도 하지만 장난거리가 있을 때면 여느 사내아이들처럼, 갑자기 눈에 가벼운 불꽃이 튀면서 생기가 도는, 여덟 살짜리 아이의 사려 깊은 표정 또한 기억했다. 물론 이런 기억은 그날이 아니라 그 이전이나 이후의 것이라 할 수도 있었다. 왜냐하면 불명확하고 흐릿한 기억은 그 자체가 시간의 전후를 혼동하고, 자신이 직접 목격한 사건들을 나중에 알게 된 것 혹은 누군가로부터 들은 것 혹은 스스로 상상한 것과 혼돈하게 되어 아주 어린 시절에 일어난 사건들의 결과를 자주 뒤바꿔버리기 때문이다. 하지만 이스마일은 다음 장면만은 확실하게 기억할 수 있었다. 큰 아이가 검은 삼나무들을 찬찬히 살펴보더니 자신들의 은신처로 삼기에 적당하지 않다는 듯 내버려 두고는 작은아이의 손을 잡은 채 반대 방향으로 내달린다. 둘은 아주 높이 자란 나무담장 뒤에 무릎을 꿇고 고개를 숙인 채 몸을 숨긴다. 그사이 나이가 지긋한 하녀가 풀 먹인 앞치마를 두른 채 이제 밤이 깊었다면서 자야 할 때가 되었다며 이름을 부르며 아이들을 찾는다. 하녀는 특이한 헝가리 억양이 섞인 큰 목소리로 아이들의 이름을 연방 불러댄다. 마침내 하늘에 소금 같은 별들이 송이송이 나타나기 시작하더니 금세 깜깜한 밤이 되고 정원은 특이한 소리로 가득 채워지고 있다. 어느 부엉이가 질러대는 소리, 바람에 흔들리는 나뭇가지 소리, 멀리서 개 짖는 소리, 누군가가 달려가는 소리, 친근한 목소리들이다. 그 목소리들이 갑자기 석영처럼 거칠어지고, 무슨 말인지 알아들을 수 없고, 두려움을 유발할 정도로 예리한 소리로 변하고 있다. 그때 담 위로 어린아이의 가느다란 목이 쏙 올라왔다. 아이는 그 목소리들이 어디에서 들려오는지, 말의 내용이 무엇인지, 누구에게 말하는 것인지 알고 싶었을 것이다. 하지만 모든 것이 차츰차츰 어두워지더니 결국 완벽한 어둠에 묻히고 말았다. 모든 사물은 자신들 사이의 관계를 밖으로 드러내기 마련이다. 헬레나와 이스마일이 주방에서 대화를 하고 있는 사이에 정원의 어둠은 갈수록 짙어지고 농밀해졌다. 이와 마찬가지로 두 사람 사이도 갈수록 짙어지고 농밀해졌다. 그 밤에 빨랫줄에 걸려 있던 4각형 면 시트만이 맑고 밝은 빛을 내고 있었다. 이스마일은 옛 생각 속에서 표류하고 있었다.

"무슨 일 있어요?"

이스마일의 침묵이 길어지자 헬레나가 가까이 다가가 어깨에 손을 올려놓으며 물었다.

이스마일은 공상에서 깨어나 대화를 재개하기 위해서는 담배 한 모금을 빠는 휴지기가 필요하다는 듯이, 창턱에 성냥을 그어 성냥불 냄새를 맡으며 담배에 불을 붙였다.

"아니요. 일은 무슨 일이요."

이스마일은 수수한 미소를 머금으며 대답했다.

그러나 옛 생각은 불꽃 주위를 맴도는 나비처럼 뇌리를 스쳤다. 기억이 떠오른 것은 그때가 처음이 아니었다. 이스마일은 언젠가 또 다시 기억이 떠오를 것이라는 사실 또한 알고 있었다. 이제는 과거를 회상하는 것을 그만둘 수가 없었다. 그는 기억의 진흙탕 속을 팔꿈치까지 잠길 정도로 깊이 헤집고 있었다. 그는 갈기갈기 찢겨 있고 구멍이 송송 뚫려 있는 유년 시절의 기억뿐만 아니라 사람들이 간직하고 있는 또 다른 기억, 문서고와 정기간행물실에 끈질기게 잠들어 있는 기억까지 헤집고 있었다.

마지막 며칠 동안 이스마일은 불확실한 어둠 속에 한 줄기 빛을 비쳐줄 당 정치위원회의 회의록이나 단서가 될 만한 문서를 찾을 수 있으리라는 기대를 품고 이곳저곳을 돌아다니며 조사했다. 기오르크 박사가 있을 만한 곳을 유추할 수 있는 단서를 모조리 조사한 결과 이스마일은 박사의 실종이 비자발적인 동기들 때문에 벌어졌다고 확신했다. 그 동기들은 한 마디로 말해 '잉크의 강'들이었다. 지하로 흐르는 검은 물길과 같은. 소수의 사람들—최종 목적지에 도착하기 전에 항상 꺼버리는 손전등을 들고 검은 장화를 신은 채 첨벙첨벙 물을 튀기고, 물에 젖은 외투의 밑자락으로 벽을 스쳐가면서 터널의 일정한 구획을 나아간 뒤, 좁고 미끄러운 계단들을 내려가고, 쇠처럼 시꺼먼 공간을 지나고, 내부의 화물용 엘리베이터를 통해 연결되는 좁은 통로를 지나고, 열리고 닫힐 때 쇠가 덜컹거리는 소리와 삐걱거리는 소리가 나는 철문을 통과하고 나서야 도달할 수 있는 지하도시에 가본 사람들–에 따르면 그 강은 당 운영위원회의 지하실 밑에서 갈라지는 물로 가득 찬 터널들과 같았다.

10

신문 〈슈키페리아〉(알바니아 어를 이렇게 부름—옮긴이)의
편집부 사무실은 티라나에 있는 경비사령부의 옛 건물
에 있었다. 2층짜리 건물은 정면 상인방(上引枋)과 발코
니의 난간, 창틀을 감청색으로 칠해 새 단장을 했다. 이
스마일은, 1973년 숙청 때 부친이 희생된, 철학과 학생
블라디미르 하즈비우의 소개로 그곳을 찾아갔다.

"아버지는 어느 날 오후 결혼식에 참석하셨다가 끌려
가셨어." 그가 이스마일에게 말했다. "백방으로 수소문
해봤지만, 몇 개월이 지나도록 아버지 소식을 들을 수
없었어. 그런데 내무부의 문서 담당 공무원 중 하나가
아버지가 어디에 묻히셨는지 은밀하게 알려주더라. 나

중에 나는 이름이 코스투리라고 하는 그 공무원을 개인
적으로 만났어. 그 사람은 네가 관심을 갖고 있는 그 70
년대에 당에서 어느 직책을 맡았던, 나이가 지긋한 사람
이었어. 나중에 내무부에 숙청 바람이 불 때 쫓겨났지.
그 사람을 찾아가봐. 내가 보내서 왔다고 말하면 아마
널 도와줄 거야."

찾는 것이 무엇인지 모르면 막상 그것을 찾게 되었을
때 명확하게 식별할 수 없게 된다. 이스마일은 1960년
과 1961년 사이에 발행된 신문을 전부 검토했다. 신문
들이 문서고 북쪽 벽을 빼곡하게 채운 서고에 여러 뭉치
로 쟁여져 있는 것으로 보아, 아마도 1950년대 신문들
처럼 자신들 역시 년 단위로 철해지기를 기다리고 있는
것 같았다. 인쇄공장에 붙어 있는 사무실들 위로 지그재
그 형태로 올라간 2중 철제계단은 격자망 인도교와 교
차되어 이스마일의 시야에서 사라져버렸다. 이스마일은
여기저기서 읽고 또 읽었고, 어떤 정보를 접하게 되면
직감적으로 눈길을 멈췄다. 그런 정보는 소련(URSS)과
아르메니아 사이의 관계 단절의 희생양이 된 테메 세즈
코 제독의 투옥과 처형에 관한 소식을 전하는 헤드라인

뉴스, 베이징 당국에 대해 극도의 찬사를 보내는 사설, 에스파냐 내전에 참여했던 옛 여단원들을 기리는 스칸데르베그 광장의 행사에 관한 소식들이었다. 이스마일은 눈앞에 펼쳐지는 수많은 정보들의 의미를 정확하게 파악하지 못한 채 페이지를 넘겼다. 체포, 재판, 추방에 관한 소식에 특별히 관심을 기울이면서 행간을 읽어내려고 시도했다. 이스마일은 당국이, 체포되어 재판받고 추방당한 사람들 거의 모두에게 소련의 비밀정보국(KGB)이나 유고슬라비아의 비밀정보국을 위한 스파이 활동을 하고 밀접한 관계를 이어왔다는 평계로 죄를 뒤집어씌워 왔다는 사실을 발견했다. 일부 재판 과정은 고스란히 재탕되었는데, 아마도 본보기를 삼아 겁을 주겠다는 의도였는지 해당 재판 기록이 당 정치국으로 전달되었다. 심문에서는 피고인이 가장 서투른 음모 혐의와 국가에 대한 반역 혐의를 인정하고, 증거서류에는 거의 대부분 러시아어나 세르비아-크로아티아어로 쓰인 문서들이 포함되어 있었다. 가장 중요한 단락은 베껴 쓰고 볼드체로 두드러지게 했고, 적과 내통했다는 사실을 명백하게 입증하기 위해 문서 안에 동일한 문체와 동일한 형용사들이 똑같이 반복되었다. 마치 그 모든 것이 아주 무자비하고 상상력이 부족한, 동일한 손으로 편집되었다는 듯이, 그 가상의 반역 음모에 핍진성이라고 하는 가장 기본적인 요소를 가미하려는 노력조차도 기울이지 않았던 것이다. 그렇지만 아주 짧고, 또 신비로운 느낌까지 주면서 이스마일의 관심을 불러일으킨 것은 어느 신문에 실린 기사였다. 그 기사에는 유독 체포된 사람들의 실명이 드러나 있지 않았다. '티라나, 1961년 9월 17일, 오전 5시. 국가보안부대 소속 특별경찰은 코카서스 산악지대에서 실시된 군사 훈련과 관련해 모스코바를 도운 알바니아 요원 한 명을 체포했다.—그 뉴스 제목의 내용이었다—체포된 요원이 밝힌 바에 따르면 내무부 보안국은 Z 사건기록에 포함될 기소장을 작성하기 시작했다. 더 많은 관련자가 체포될 가능성이 남아 있다.'

이스마일은 형광등의 하얀 빛이 내리비치는 탁자에 여러 신문을 펼쳐놓았다. 그 활자들은 음울하고 의미가 결여된 현실, 혹은 아마도 해독할 수는 없겠지만 그럼에도 이스마일과는 완전히 무관하지만은 않은 의미를 부여받은 어느 비밀스런 현실의 윤곽을 그려내고 있었다. 이스마일은 그 활자들의 수다에 대해, 온갖 상징과 초상화와 알레고리로 이루어진 그 연극에 대해 잘 알고 있었다. 독재 정권은 그 상징, 초상화, 알레고리를 이용해 내용은 텅 비어 있지만, 무시무시한 힘을 지닌 신격화를 이루고자 했던 적이 있었다. 이스마일은 어느 순간에 그것들이 언어학적 수사에서 테러를 실행하는 것으로 변했는지, 언제인지는 정확히 알 수 없지만, 어느 무시무시한 순간에 변화가, 이상(理想)의 변질이, 이상의 붕괴와 쇠퇴가 결국 체제의 석화(石化)된 거대 기계장치 안에서 종말을 맞게 되었는지 자문해 보았다. 그리고 그것들이 어떻게 그런 상태의 사물에, 거대한 피라미드처럼 기하학적인 단계의 규칙성을 지닌 그 세계에 이를 수 있었는지도 자문해 보았다. 관영신문의 기사와 사설에 따르면 그것은 바로 혁명, 즉 인간에 대한 국가의 총체적인 승리를 가져올 물질적이고 정치적인 질서를 구축하면 되는 일이었다. 모든 탈선은 늘 잠복한 상태로 호시탐탐 기회를 엿보는 개인주의, 나태, 시적인 신비주의, 철학적인 이상주의, 그리고 부르주아적이라 여겨지는 다른 해악들을 퇴치해야 하는 임무를 떠맡은 운영위원회의 관리감독하에 뿌리가 절단됐다. 흐르는 세월에도 형식은 변하지 않았고, 방법들 역시 변하지 않았다. 박해는 당으로까지 확산되어 당원들이 세세하게 감시받고 단죄당하기 시작했는데, 일부는 자신이 맡은 임무의 규정을 어겼다는 이유로, 다른 당원들은 친소련적이라거나 친티토적이라는 이유로, 혹은 위험한 세력에 협력하고 엔베르 호자의 체제에 반하는 음모를 사주하는 데 일조한 다중첩자라는 이유로 기소당했다. 최고로 찬양받던 것이 불과 얼마 만에 운영위원회의 손에, 고발 혹은 밀고에 기반을 둔 사악한 메커니즘에 요란하게 추락해 분쇄되었다. 분기탱천한 운영위원회와 그 메커니즘은 숙청당한 지도자나 정치적인 도당과 가까운 모든 공무원을 질질 끌고 다녔다. 모든 사람이 분석을 깊이 하고, 오류를 인정하고, 양심을 깨끗하게 하고, 당의 미래를 위해 봉사해야 했다. 다음과 같은 정, 반, 합의 원리가 작용했다. 당이 그대를 도와줄 것이고, 알바니아는 숙청을 통해 새롭게 태어날 것이고, 동지들이 그대가 잘되기를 원하니 자백하라, 고발하라, 맹목적인 성향 때문에 그대의 눈이 흐릿해져 있다…….

과연 몇 사람이 말을 하고, 몇 사람이 침묵을 지켰겠는가! 몇 사람이 무덤도 없이 죽고, 몇 사람이 자신의 삶을 후회하는 데 바쳤겠는가! 익명의 얼굴들과 이름 있는 다른 얼굴들, 목소리들, 변함없는 형상들, 사형집행인들과 희생자들의 얼굴, 죽은 자들의 얼굴. 요란한 소리를 내며 혼란스럽게 흐르는 물이 꽉 찬 어느 지하 지맥의 내부, 즉 소문에 따르면 티라나를 둘러싸고 있는 구릉들 너머까지 퍼져 있다는 그 악몽의 공간이 이스마일의 뇌리에 다시 나타났다. 모든 사람의 입에 오르내리고, 온갖 도구와 설비가 가득 차 있는 도시가 땅 밑에 존재했는데, 그 도시 안에서는 얼굴 없는 사람들이 이리저리 부지런히 오가면서, 카본지에 한 번 또 한 번 반복적으로 쓰이게 될 이름들, 즉 나중에 리스트의 가장자리 여백에 빨간색 연필로 무시무시한 메모를 써가면서 무슨 의미인지는 알 수 없지만 불길해 보이는 약어들과 암호들을 첨가하던 어느 무명씨의 손에 검토된 이름들로 이루어진 끝없는 리스트를 보관하고 분류했다. 그 도시는 외부세계가 어둡게 투영된 음울한 장소였거나 땅 위

세상은 아마도 그 지하도시를 잘못 복사한 것이었을 수도 있었다. 왜냐하면 산들의 눈에 보이지 않는, 축축한 내장 속에는 암흑 속에서 사물을 꿰뚫어볼 수 있는 눈에 감시받는 지구의 총체가 숨어 있듯이 납골당 내부에는 다른 지하터널들, 전설까지도 길을 잘못 들어 방황할 수 있을 정도로 무한대로 반복해서 연장되고 갈라지는 터널들이 있었기 때문이다.

이스마일은 마침내 그 건물을 나왔다. 얼굴을 때리는 차가운 공기와 보슬비가 반가웠다. 진득하게, 주룩주룩 내리는 비로 젖은 도로 표면에 은은한 수은 빛이 살짝 내비쳤다. 답답하고 불안한 어느 장소에서 오후를 보내고 난 뒤 텅 비어 있는 거리에서 자기 발소리에 화들짝 놀라는 것이 그리 특이한 일은 아니었다. 하지만 이스마일은 자신이 말수가 없어지고 의심이 많아지고 있다는 사실을 깨달았다. *'어떤 불가사의가 유리창을 흐리게 하는 증기를 불어넣지 않겠는가/ 생각을 계속 생각하도록 하지 않겠는가/ 갈망을 더 많이 원하도록 하지 않겠는가⋯⋯.'* 이스마일은 가끔 고개를 돌려 뒤를 돌아보았다. 하지만 아무도 보이지 않았다. 뭔가 위협을 받는다는 막연한 느낌, 뒷덜미를 뭔가 콱 찌르듯이 간지럽다는 느낌만 받았을 뿐이다. 스웨터의 어깨 부분이 젖어 있다는 느낌이 들고, 양모에서 나는 시큼한 냄새가 역겨웠다. 점점 마음이 황폐해진다는 느낌이 들었다. 이스마일이 느낀 것은 정확히 말해 고민, 고통, 피로가 아니었다. 모든 것이 피로에 파묻히는 시점에 이르렀다는 듯이, 몸이 갈가리 찢어진다는 느낌, 스스로 쓸모가 없다는 느낌, 맥이 빠진다는 느낌이었다. 여러 시간 동안 동일한 자세를 취하고 있었기 때문인지 근육이 부어올랐다. 이스마일은 외투 깃을 세우고 거리를 걷기 시작했다. 희뿌옇게 보이기도 하고 파르스름하게 보이기도 하는 거리 위로 밤의 어둠이 깔리고 있었다.

11

"계단 조심해."

호텔로 들어가 홀의 문을 열자마자 블라디미르의 목소리가 들렸다. 홀에는 석유등 몇 개만이 켜져 있었다. 촛불처럼 흔들리는 등불 너머 저 구석에 사람들의 얼굴이 보였다. 서른 명 정도가 모여 있었는데, 그들은 막 도착한 사람들에게 앉을 자리를 내주기 위해 의자의 간격을 좁혔다. 이스마일이 정치적인 모임에 참석하는 것은 처음이 아니었다.

이스마일은 밖에서 많은 시간을 보내고 빌라에 늦게 들어갔다. 집에서 나가 모험을 하고, 피부에 와 닿는 위험을 지속적으로 겪어야 할 필요성을 느끼고 있었다. 집에 돌아왔을 때는 모든 사람이 잠들어 있었다. 아버지는 초록색 커튼이 드리워진 복도와 연결된 방에서, 형은 형수와 2층 방에서 잠들어 있어서 그 누구에게도 귀가에 늦은 것에 대해 설명하지 않아도 됐다. 이스마일은 첫새벽의 고요를, 신발을 벗어 손에 든 채 몰래, 슬그머니 집에 들어가는 것을, 천장에 비치는 투명한 달빛을 좋아했다. 어느 날인가 헬레나가 책을 바닥에 떨어뜨려 놓은 채 담요로 몸을 감싸고, 왼뺨을 쿠션의 브로케이드(다채로운 무늬를 부직으로 짠 직물—옮긴이)에 기댄 채 서재의 낡은 안락의자에 잠들어 있는 모습을 보았다.

이스마일은 책의 제목을 읽어 보았다. 『부서진 4월』(이스마일 카다레의 1983년 장편소설—옮긴이). 조용히 책을 집어 책상 위에 올려놓았다. 불을 끄고 어둠 속에서 몇 초 동안 헬레나 곁에 머물렀다. 편안하고 좋았다. 하지만 낮에 헬레나와 함께 있게 되면 마음이 편치 않았다. 강렬하고 집요한 그녀의 눈을 집 안 곳곳에서 마주쳤다. 어디에 있든지 헬레나의 시선이 느껴졌다. 계단 층계참에서 마주치거나 좁은 복도에서 서로의 몸이 스치게 될 때면 헬레나는 일부러 천천히 지나가는 것 같았다. 그렇게 서로 가까이 있게 되면 헬레나의 허리를 너끈하게 낚아챌 수 있겠다는 생각도 해보았다. 은밀하게 머릿속에 그려보는 것만으로도 심장이 위 속에 들어가버린 것처럼 맥박이 요동쳤다. 염치도 없이 욕망이 너무 강렬하게 몸에 드러났다. 당황한 이스마일은 자신의 흥분이 너무 노골적으로 보이지 않기를 바라면서 갑자기 바쁜 일이 생각났다는 듯이 황급히 헬레나를 피했다. 가끔 헬레나가 식탁 너머로 조심스럽게 보내는 미소가 이스마일에게는 경멸적이거나 비꼬는 것으로 보였고, 마치 두 사람 사이에 뭔가가 발생한 것처럼, 또는 각자의 내면을 감싸고, 이스마일을 격리시키고 보호해주는 천이 찢어지기라도 한 것처럼, 이스마일의 불편함은 더욱더 커져버렸다. 이스마일은 단 한 번도 보여준 적이 없는 알몸을 드러낸 것 같은 느낌에 화가 치민 데다, 헬레나의 살짝 벌어진 치열, 목 선, 머리카락을 하나로 묶었을 때 드러나는 뒷덜미의 자태 때문에 실제로 더욱 힘이 들었다. 그는 드러내놓고 헬레나를 피해버렸다. 헬레나가 식사 도중에 물주전자를 건네주면 물을 마시지 않았다. 헬레나가 탑 추녀에 붙어 있는 제비집을 호들갑스럽게 가리키면 그건 하찮은 새둥지에 불과하다는 듯이 일부러 딴전을 피우며 다른 쪽을 쳐다보았다. 이스마일은 온실과 서재에서 헬레나와 마주치지 않기 위해 신경 썼다. 고독한 표정을 지은 채 인간에게서 결코 본 적 없는 가장 세련된 감상 태도로 정원 유리창 앞에 서 있는 헬레나와 마주치는 것도 피했다. 이스마일은 속설들을 맹신하지는 않았지만, 라프쉬 지역의 여자들에 대한 이야기는 아주 정확하게 들어맞는다고 생각했다. 그녀들의 말하고 행동하는 방식에는 육체적인 달콤함이 깃들어 있었다. 하지만 침대에서는 수녀 같은 태도를 보여 남자를 미쳐버리게 만든다고 했다. 이스마일은 이런 속설을 술집에서 들은 적이 있었지만, 무엇을 의미하는지 따져본 적은 없었다. 이스마일은 해로운 동물 앞에서 본능적으로 깨어나게 되는 경계심을 헬레나에게 품고 있었다. 그는 집 안에서 헬레나와 마주치는 것을 피했다. 아침이면 헬레나는 활처럼 유연한 기다란 몸에 민소매 셔츠를 걸친 채 막 잠자리에서 일어나 아직 잠이 덜 깬 눈에 께느른한 모습으로 주방이나 화장실로 들어왔다. 하지만 이스마일이 가장 싫어한 때는 아침이 아니라 밤이었다. 가끔씩

2층의 굳게 닫힌 부부침실의 문 뒤에서 신음이 들려왔던 것이다. 나무가 불규칙적으로 비거덕거리는 소리, 쇠가 흔들거리고 삐걱거리는 소리가 점점 크게 울렸다. 사람을 미치게 할 정도였다. 이스마일은 그 소리를 더 이상 듣지 않으려고 베개로 귀를 틀어막았지만 잠을 이루지 못했다. 자리에서 일어나 창문을 살짝 열어 둔 채 창가에서 담배를 피우면서 마음을 비우려고, 정원에서 들려오는 소리에 정신을 집중했다. 하지만 밤바람까지도 그와 똑같은 질투심에 휩싸인 것처럼 느껴졌다.

잡생각을 하지 않으려고 애를 쓰면 쓸수록 솟구치는 욕망 때문에 잠을 이루지 못했다. 그처럼 기분이 언짢아지면 울고 싶은 심정이 들 때도 있었다. 그럴 때면 유포(油布)로 장정한 바둑판무늬 공책에 암울하기 이를 데 없는 시를 쓰면서 욕망을 억눌렀다. 자신이 살고 있는 집을 미워하고, 숨이 막힐 정도로 폐쇄된 나라, 알바니아라고 하는 거대한 벙커에 생길 수 있는 가장 무의미하고 작은 틈새마저도 꽉꽉 막아버리기 위한 작업에 대대적으로 몰두하는 나라를 미워하면서 욕망을 억눌렀다. 숨을 쉴 수 있는 곳이라면 런던이든 파리든 마드리드든 세상 어디로든지 훌쩍 떠나버리고 싶었다. 특히 에스파냐는 수백 번 상상하던 나라였다. 어느 트렁크 안에 들어 있던 아라베스크와 자개 상감 문양이 새겨진 부채와, 정확히 기억할 수는 없지만 이스마일의 뇌리에 맴돌고 있는 아주 달콤한 멜로디 하나를 막연하게 떠올리게 하는 나라였다. 그녀가 가까이 다가오는 소리를 듣게 되거나, 그녀의 낡은 플란넬 블라우스 속에 있는 곧은 등, 한군데로 묶은 물결 모양의 빽빽한 머리카락, 잘록한 허리와 풍만한 엉덩이의 곡선, 도보여행을 하는 운동선수 같은 걸음걸이를 그녀의 뒤에서 관찰하게 될 때마다 눈살을 찌푸리게 하는 그녀에게서 멀리 떠나버려야 했다. 그랬다. 이스마일은 그녀를 증오했을 뿐만 아니라 극심한 후회와 번민에 사로잡혀 자기 자신까지 증오하고 있었다. 이스마일은 잠을 제대로 이루지 못했다. 밤에 가끔 다리에 힘이 쫙 빠지는 피로가 몰려오면 깜짝 놀라 잠에서 깨어난 한 마리의 새처럼, 벼랑 끝에 선 것처럼 현기증을 느끼며 어스름 속에서 자위를 했다. 스스로를 경멸하고, 고독에 몸서리 치고, 목에 뭔가가 걸린 것 같은 느낌으로, 수치심과 욕망에 중독되어, 원하면서도 원하지 않은 채, 외로운 손으로 미친 듯이 사타구니를 문질러댔다. 이윽고 몸을 부르르 떨면서 자신의 배 위에 거품이 이는 미지근한 액체를 힘차게 뿜어내고 녹초가 되어버렸다. 욕망이 채 충족이 되지 않은 상태로 축축한 정액과 죄책감의 흔적 같은 차가운 땀으로 범벅이 된 채 새벽잠을 이룰 수 있었다.

　정치적인 모임은 이스마일이 강박관념을 떨쳐버릴 수 있는 하나의 수단이었다. 학부 건물 복도에서 블라디미르를 처음 만난 뒤부터 새로운 방법을 발견했는데, 그것을 통해 자신의 고통을 다스리지는 못했을망정 적어도 흘려보낼 수는 있었다. 이스마일은 자신에게서 벗어나 외연을 확장하고, 일부러 위험한 상황에 처하기를 바랐다. 어떤 자극이든 이스마일의 신체기관 중 즉각적인 반응을 보이지 않는 것은 단 하나도 없었다. 이스마일은 유년 시절의 어느 순간에 이와 비슷한 변신 충동을 경험한 적이 있었다. 하지만 그때는 훨씬 더 제한되어 있었다. 이제 이스마일 앞에 열려 있는 것은 미래가 아니라 거칠고, 심장이 떨리고, 촌각을 다투는 현재였다. 현재라는 시간은 이스마일 자신과 세상을 연결하는 끈이었다. 본질적으로 모든 것이 만날 똑같은 시간 속에 고정되어 있기 때문에 혁명을 상상하고 자신을 어느 혁명의 정신적인 기준 안에 놓아두는 것은 미래의 주인이 바로 자신이라는 것과 그런 미래를 고대하고 있다는 것을 어느 정도는 느낄 수 있는 방법이었다. 이스마일은 자신의 비밀스런 활동을 복잡한 쾌락들, 결코 존재하지 않았을 다른 삶의 방식에 대한 막연한 느낌과 연결지었다. 그리고 자신은 뭔가 다르다 생각하고, 다른 도시들을 꿈꾸었다. 언제든 그것은 희망적이고 즐거운 느낌이었다. 이스마일은 극도의 행복을 느꼈다. 아드리아틱 호텔에서 열리는 모임들을 이스마일에게 말해 준 사람은 바로 블라디미르였다. 그곳의 돔형 천장 밑에는 행색이 꾀죄죄하고, 귀를 덮을 정도로 머리카락이 긴 젊은이 한 무리가 자욱한 담배연기에 둘러싸여 있었다. 그들은 라키를 마시고, 즉각적인 총파업에 대해 이야기하고, 열을 내가며 독재정권이 금방이라도 붕괴될 것이라고 예언했다. 단어들이 끊임없이 흘러 다니면서 그들 모두를 동일한 후광(後光) 안에 감싸버렸다. 그곳에는 각 야당의 투사, 학생, 작가 등이 참가했다. 일부 참가자는 금지된 작가들의 책과 유럽과 아메리카에서 도착한 디스크를 구해 가끔 르루가 카바제 대로변의 어느 차고에 모여 음악을 들었다. 눈을 감은 채 밥 딜런의, 어느 폭풍 속에 영원히 묻혀버릴 것 같은 그 희미한 목소리를 모방하면서 팝송을 흥얼거렸다. 'The answer my friend is blowing in the wind…….' 하지만 모든 것은 대답이 없었고, 모든 것은 질문이었다. 재삼재사 반복되지만 대답이 없는 질문이었다. 희망을 가장 많이 품은 몇은 고국을 떠날 수도 있다고 말하기 시작했다. 기존의 정통파적인 관행들로부터는 전혀 인정받지 못하고 배제되어 4세기 전에 영국을 떠난 사람들과 마찬가지로, 격리된 이주민이 되기 위해서가 아니라 새로운 알바니아를 건설하기 위해서였다. 영국을 떠난 그들은 태양 빛이 투과하는 깨끗하기 이를 데 없는 바다 한가운데에 있는 외딴 섬, 태양 빛에 산산이 부서지는 어느 외딴 섬, 바다와 가까운 곳에서 자유로운 삶이 가능했던 곳을 찾아 국외로 이주한 어느 가계였다. 그 바다는 인간이 도달할 수 없는 것에 관한 신화를 태곳적부터 투사해왔던 바로 그 영원한 바다다.

하지만 누가 그 이상(理想)의 순수성을 보장할 수 있을까? 이스마일은 생각했다. 만약 부정확하고 정해지지 않았지만 무시무시한 어느 순간, 변화가 이루어지고 거대한 기계장치가 작동하기 시작하는 어느 순간이 있다면 어떻게 그 이상을 보존하겠는가. 혹시 현재의 지도자들이 반항적인 젊은이였던 적이 없었다면, 사형선고에 서명을 하기 전에 인도주의적인 책을 탐독했던 적이 없었다면? 이스마일 자신의 아버지인 늙은 자눔, 대(大) 자눔은 에스파냐에서 국제여단(에스파냐 내란에서 인민전선 정부를 지원하기 위해 코민테른이 조직한 국제 의용군—옮긴이)에 소속되어 파시즘에 대항해 싸웠고, 1943년에는 알바니아를 침공한 독일 군대와 게릴라로 싸웠다.

그런데 지금은? 정치국의 일원, 전능한 사람, 그리고 또 한 사람…… 이스마일은 공산주의 사전에 올라 있는 모든 죄 가운데 가장 용서받지 못할 것은 바로 그들에게 이상을 갖지 못하게 막는 예방약, 불신, 더 나은 세상과 약속된 땅들에 대한 두려움을 접종시켜버린 것이었다고 생각했다. 이스마일은 소주를 한 잔 더 마셨으나 몸속에 도저히 채울 수 없는 빈 공간이 있는 것처럼 도무지 취하지가 않았다.

"네 가족의 친구였다는 그 의사에 대해 뭘 좀 알아냈어?"

이스마일과 단둘이 있게 되었을 때 블라디미르가 물었다. 석유등 불빛이 블라디미르의 둥그런 안경알에 기괴한 오렌지 빛 섬광을 반사했다. 블라디미르의 아주 세련된 얼굴에서 진지하고 확고한 표정이 드러났다.

"아니." 이스마일이 대답했다. "아직 정확한 건 아니지만, 흥미 있는 정보를 몇 개 찾아냈어."

"만약 그 의사가 재판을 받았다면 어디엔가 기록이 남아 있을 텐데. 네가 말한 것처럼 너희 아버지와 그 의사가 절친한 친구 사이라면 너희 아버지가 그분에 대해 전혀 언급하지 않았다는 게 좀 이상하다. 물론, 네가 너희 아버지한테 직접 여쭤보는 게 더 나을 것 같긴 한데……"

이스마일이 잠시 입을 다물고 있었다. 블라디미르의 제안을 곰곰이 생각한 것이라기보다는, 이스마일의 표정으로 판단해 보건대, 오히려 우울하고 고통스러울 것이라 추정되는 생각에 몰두해 있는 것 같았다.

"그건 불가능해."

이스마일이 재떨이에 담배를 거칠게 짓눌러 끄고, 입과 코로 물고기의 지느러미처럼 진하고 탁한 담배 연기를 내뿜으며 간결하게 덧붙였다.

"그래, 네가 잘 알아서 하겠지." 블라디미르는 고개를 돌려 담배 연기를 피하며 수긍했다.

"하지만 그 의사가 공식적인 채널 밖에 있다고 가정해본다면, 그 몇 년 동안 비공식적으로 일어난 일을 가장 많이 알고 있는 사람은 바로 내가 너한테 알려줬던 공무원 코스투리야. 그 사람하고 이야기를 나눠 봐야 할 거야."

"난 기오르크 박사가 정치적인 이유만으로 실종됐다고 확신하진 않아. 그분이 나라를 떠나려 했던 이유가 따로 있을 수도 있어. 내가 어렸을 때 그분이 여행을 많이 했다는 걸 기억하고 있어. 그분은 나라 밖에 있는 여러 사람과 좋은 관계를 맺고 있었을 거야."

"걱정할 이유가 또 하나 생겼구나. 넌 그분이 하필이면 바로 그때, 단순히 여행을 떠났다가 돌아오지 않는다고 확신하고 있는 거야?"

"아니. 사실은, 갈수록 개연성이 떨어지는 것처럼 보여."

이스마일은 이렇게 말하면서, 불과 조금 전까지만 해도 확실하다고 여겼던 모든 것을 의심하기 시작했다. 모임에 참석한 그 밖의 사람들은 열에 들떠 토론을 계속하고 있었다. 가끔 흥분이 고조되면 누군가가 조용히 진정시켰다. 그때마다 목소리가 작아졌지만, 시간이 지나면 다시 커져버렸다. 그들은 다음 주에 실행할 계획을 세우고 있던 시위의 장소와 시위대를 조직하는 방법에 합의를 도출해 내지 못하고 있었던 것이다.

"우리는 지금까지와는 다르게 행동해야 합니다." 어느 학생이 명령하는 듯한 목소리로 주장했다. 번쩍거리는 눈, 막 자란 염소수염 때문에 트로츠키파 같은 인상을 풍겼다. "우리가 그렇게 해서 얻을 수 있는 것이라곤 더 많은 사람이 감옥에 갇히고, 더 많은 사람이 납치당하고, 더 많은 몽둥이질을 당하는 것뿐입니다. 우리는 놈들의 무기를 이용해 놈들에게 대응해야 합니다."

"그런 도전에 맞서는 건 바로 그들이 벌여 놓은 게임에 참여하는 것입니다."

자리에서 일어나 제 주장을 이야기하던 앳된 청년이 탁자 끝에 서서 앞서 말한 학생의 말을 받아쳤다. 참석자들이 서로 제안을 하고 성명서를 작성하느라 목소리들이 다시 커져 버렸다. 모두가 자기 목소리를 듣고, 상대방의 말을 끊으며 주장을 펼치는 것 자체를 즐기고 있었다. 누군가가 각 단과대학 별로 위원회가 몇 개나 되는지 물었다. 담배 연기가 자욱했다. 당시의 현안에서 벗어나 자기 문제에 몰두해 있던 이스마일은 가슴이 답답했다. 두통이 일었다. 담배를 너무 많이 피운 탓인 것 같았다. 관자놀이의 피가 망치질을 하듯이 놀라운 속도로 혈관을 타고내리는 것을 느꼈다. 예전 해 질 녘에 불쑥 찾아왔던, 원인을 알 수 없는 공포와 과거의 기억 때문에 일어나는 불안감은 끊임없이 이스마일을 엄습해 무의식 속에 잠복해 있었다. 그 무의식 속에는 두건을 쓴 남자들이 무덤과 어둠 사이를 걸으며 방랑하고 있었다. 하지만 이스마일은 장님이 되어버린 것처럼, 아니면 검은 천 혹은 공포에 질려 일그러진 얼굴로 쓰레기장에서 나타났던 시체들의 눈을 덮어준다던 동전이 자기 눈을 가려 버렸다는 듯이, 그곳에 모여 있던 사람들의 얼굴을 볼 수 없었다.

'흙을 파는 손톱의 게걸스러움/ 그리고 샤레의 저 암흑의 왕국에 있는 사자(死者)들의 잠자리에서 밀려오는 검은 비/ 그곳에 사는 뿌리와 돌기⋯⋯.'

총회에서 쏟아지던 말들이 이스마일의 귀에 들려왔는데, 그런 말에는 그 젊은 연설가들이 그에게 부과하려고 애쓰던 열정이 결여되어 있었지만, 소리는 점차 커지는 잡음처럼 지속적으로 들리면서 차츰차츰 그를 명상에서 꺼내가고 있었다.

유럽, 민주주의, 당의 정치위원, 선전, 공갈…… 커져가는 목소리들은 카타콤(초기 기독교 시대의 비밀 지하 묘지—옮긴이) 안을 비추는 횃불처럼 빛났다. 결국 시위는 다음 주 목요일 오후 7시에 역사학대학 앞에서 열기로 결정되었다.

12

빗줄기가 공중전화 부스의 측면 유리창을 간헐적으로 때리고 있었다. 물기에 젖은 보도가 흐릿해졌다. 곧이어 또다시 비가 돌발적으로 쏟아졌다. 아주 강렬한 가로등 불빛이 빗줄기를 비추었다. 대각선으로 뻗은 도로 모퉁이에서 자동차 한 대가 멈춰 섰다. 칼을 가는 바퀴숫돌에서 울리는 것 같은 금속성 소리가 들렸다. 자동차들의 클랙슨 소리가 갈수록 더 커져가고 있었다. 공중전화 부스의 유리창 너머로 회색빛 대학 건물이 정면으로 보였다. 몇몇 창문에 불이 켜져 있고, 돌로 만든 처마 아래 계단에서 학생 한 무리가 담배를 피우고 있었다. 억센 나무들이 주위를 경계하듯 서 있었다. 누군가 행동을 개시하라는 명령을 너무 일찍 내려버렸다. 전화기에서 떨어진 수화기가 전화선 끝에 대롱대롱 매달려 있었다.

시위자들이 삼삼오오 짝을 지어 길 양쪽 보도를 따라 광장의 아스팔트로 포장된 빈 공간을 향해 걸어가기 시작했다. 비를 맞은 광장 바닥이 부드러운 니스처럼 반짝였다. 그들은 순식간에 도로 한가운데를 점유하고 교통을 차단해버렸다. 시위대가 대학촌 옆 교차로를 돌아가고 있을 때 건물의 발코니들에서 날개 수천 개가 팔락거리는 소리, 속삭이는 소리가 들려왔다. 거리에는 알바니아 전국에서 올라온 학생들이 모여 있었다. 웅대한 음모가 모든 영혼을 불시에 자극해버린 것처럼 순식간에 사람들로 가득 찼다. 처음에 사람들의 목소리는 그들이 내딛는 발걸음만큼이나 비밀스러웠다. 하지만 그렇게 부산하게 움직이던 소리는 마침내 절정에 이르렀고, 사람들은 박자에 맞춰 함성을 질러대면서 손을 치켜세워 승리의 신호를 보냈다. 마치 거대한 파도가 거세게 밀려오는 것 같았다. 모든 것이 가능해 보였다. 그때, 맨 앞에서 행진하던 사람들의 사기가 하늘을 찌르던 순간, 건물 왼쪽 편으로부터 총성 한 발이 울렸다.

사람들은 잠시 혼란에 빠졌다. 어떻게 해야 좋을지 몰라 사방을 쳐다보았다. 시위대의 선두에 선 사람들이 우르르 도망쳤다. 빨간색 바탕에 커다란 하얀색 글씨로 '민주주의, 자유'라는 구호를 적은 팻말이 아스팔트 위에 버려졌다. 채 3분도 되지 않아 특수 부대원을 실은 군용트럭들이 시위가 벌어지는 거리를 반원형으로 에워쌌다. 그 순간, 그곳은 중세의 전쟁터처럼 혼란스러워졌다. 병사들은 헬멧의 안면보호 격자 철망을 들어 올리고는 딱딱하게 굳은 살벌한 표정으로 플라스틱 곤봉을 치켜들고 군중을 인정사정없이 두들겨 패기 시작했다. 2월, 해 질 무렵의 군용외투들. 수많은 사람이 체포되어 발길질을 당하며 검은색 군용트럭에 실렸다. 서로 몸이 포개지고, 얼굴이 군용트럭의 철망에 바짝 붙어 짓눌려져 있었다. 사이렌이 울려 퍼지고 코발트색 서치라이트가 광장 한쪽 끝에서 다른 쪽 끝까지 샅샅이 훑었다. 광장의 아스팔트 바닥에 짙은 얼룩이 묻어나고 누군가의 몸뚱이가 웅크리고 있었다. 여전히 빗줄기가 쏟아지고, 서치라이트가 어둠을 갈랐다. 몇 미터 떨어진 곳에 빗살이 떨어져 나가고 천이 갈기갈기 찢어진 우산이

버려져 있었다.

경찰은 시구리미(국가안전부 소속 비밀 특수부대―옮긴이) 요원들의 지원을 받아 대학 안까지 쫓아 들어왔다. 쫓기는 학생들은 복도와 강의실을 내달리고, 심지어는 건물 맨 꼭대기 층에 있는 학장실에도 숨었다.

수많은 경찰관이 다리를 벌리고 거총 자세를 유지한 채 대학 건물을 삼엄하게 포위하고 있었다. 건물 안은 큰 혼란에 빠져들었다. 쫓고 쫓기느라 맹렬하게 발코니 쪽으로 내달렸다. 비명 소리와 두들겨 패대는 소리가 뒤섞여 진동했다. 도망자의 논리보다 생존본능에 따라 움직이는 학생들이 덫에 걸린 쥐처럼 폐쇄된 공간을 뱅뱅 돌면서 몸부림을 치고 있었다. 레닌 전집이 보관되어 있는 도서관의 유리 진열장이 와장창 무너졌다. 이스마일은 1층 복도를 지키고 있던 경찰관 하나가 자기를 안다는 듯이 쳐다보고 있다는 느낌을 받았다. 하지만 그것은 이스마일이 신경과민증 때문에 느낀 공포였을 수도 있었다. 이스마일은 비서실 창문을 통해 건물 밖으로 빠져나가 침엽수로 둘러싸인 풀숲에 숨었다. 얼굴이 긁히고, 뾰족한 바위 모서리에 팔을 스치면서 비옷의 소맷부리가 찢어져버렸다. 하늘을 수놓던 마지막 잿빛 색조가, 나무들 사이에 방울져 떨어지고 있던 우중충한 빛이 빗줄기에 자취를 감추고 있었다.

이스마일은 온몸이 비에 젖고, 경찰과 드잡이를 하느라 옷이 찢어진 채로 집에 도착했다. 주방으로 통하는 여닫이문을 열었을 때 아버지가 식탁 모서리에 두 손을 짚고 일어서는 모습이 보였다. 아버지는 천천히 꼿꼿하게 몸을 일으켜 세웠다. 포획물을 은밀하게 노려보는 사자처럼 위엄 어린 자세를 몇 초 동안 유지했다.

이스마일은 말과 생각을 분리하는 아득히 먼 거리감을 느꼈다. 이스마일은 아무 말도 하지 않았다. 그리고 저녁을 먹기 위해 식탁을 향해 걸어갔다. 형과 형수도 앉아 있었다. 잠시 동안 아무 말도 하지 않았다. 이스마일의 머릿속이 굳어버렸다. 머릿속에 뭔가 빽빽한 것이 들어 있었다. 굴욕감에 얼굴이 열병에 걸린 것처럼 화끈거렸다. 그런 수치심이 존재한다. 성인이 된 남자가 아버지 앞에서 상황을 제대로 설명할 줄도 모르는 어린아이처럼 전락해버리고, 심문자 같은 아버지의 눈빛에 주눅이 들어 꼼짝달싹 못하게 되는, 그런 수치심 말이다.

이스마일이 느낀 고통은 불규칙한 심장박동으로 드러나기 시작했다. 심장박동은 그 자신이 나약한 존재라는 느낌을 증폭시키고 있었다. 마침내 이스마일의 불편한 마음이 폭발했다.

머리카락은 고상한 은색이었지만, 눈썹은 여전히 번갯불처럼 새까만 노인 자눔이 주먹으로 식탁을 내리쳤다. 사자 같던 자눔의 옆모습은 이제 포획된 새의 얼굴로 변해 있었다. 셔츠 속으로 빳빳하게 세워진 목의 핏대가 금방이라도 파열될 듯 고동쳤다. 이윽고 자눔이 내뱉었다. 떨리지도 않고, 머뭇거리지도 않는 목소리였다.

"그런 식으로 끝장을 내려면, 네가 이 세상에 발을 들여놓지 않는 게 더 좋았을 게다."

자눔의 오른쪽 눈이 이글거리고 있었다.

자눔은 더 이상 말이 없었다. 누구에게 하는 말인지도 밝히지 않았다. 이 세상에 발을 들여놓지 않는 게 더 좋았을 정도로 끝장을 내는 것이 무엇인지도 말하지 않았다. 자눔은 깊디깊은 생각의 미로 속으로 들어가버리기라도 한 것처럼 이내 깊은 침묵에 빠져버렸다. 하지만 아버지가 한 말은 실체가 있고, 또 이미 내뱉어진 것이었다.

빅토르가 무거운 분위기를 바꾸고, 아버지가 침묵을 지키며 지탱하고 있는 것처럼 보이는 중압감을 덜어주려고 대화를 시도했다. 그는 이스마일의 경솔한 언행과 나쁜 친구들을 언급했지만, 약간은 감싸는 듯한 목소리로 문제의 심각성을 완화하려 했다. 이스마일은 빅토르가 자기 역성을 들어줄 것이라 기대하지 않았다. 사실 최근 빅토르는 갈수록 기고만장했다. 형수가 그런 행동을 하리라는 예상은 더더욱 하지 않았다.

형수 헬레나 보르스피가 식탁 아래로 왼손을 뻗어 이스마일의 손을 더듬었던 것이다. 팽팽한 긴장감이 감도는 상황이었기 때문에 그런 단순한 몸짓이 결정적인 행동으로 변해버렸다. 마치 이스마일에게 칼 한 자루를 쥐어주는 것과 같았다. 이스마일은 본능적으로 그녀에게 눈길을 돌렸다. 그가 보았던 것은 자신을 뚫어져라 쳐다보던 그녀의 눈빛이었다. 이스마일은 평평하지 않은 언덕길을 내려갈 때의 느낌을 받았다. 어둠 속에서 계단을 내려가는데 갑자기 층계 하나가 비어 있을 때와 같은 느낌, 자유낙하를 할 때 느끼는 현기증 같은 것이었다. 하지만 이스마일은 눈앞에서 벌어지고 있는 일이 유발하는 희열의 의미를 제대로 깨달을 만큼 명석했다. 이스마일은 생각하고, 속으로 되뇌었다.

'이건 실제야.'

심장이 고통스러울 정도로 팔딱팔딱 뛰면서 부드러운 전율이 온몸으로 퍼져갔다. 호흡이 멈추는 것 같았고, 그 순간에는 모든 장애가 사라졌다. 마치 처음이자 마지막으로 본다는 듯이, 당황스러워하면서도 뭔가를 확인하는 것 같은 눈빛으로 이스마일을 관찰하던 담갈색 눈만 존재하고 있었다.

자기를 뚫어지게 쳐다보는 그녀의 눈길을 더 이상 감당할 수 없게 된 이스마일은 시선을 돌렸다. 이스마일은 당황스런 기색을 드러내지 않기 위해 가능한 한 자연스럽게 보이도록 애썼다. 그렇지만 손을 뒤로 빼지는 못했다. 다마스크 천으로 만든 기다란 테이블보 아래에서 그녀는 집요한 의지를 지니고, 마치 자신의 경계를 넘어가버렸다는 듯이, 그리고 이제는 자신이 자기 행동의 주인이 아니라는 듯이, 몹시 창백한 얼굴의 근육 하나 움직이지 않은 채, 이스마일의 손을 계속해서 쓰다듬고, 손가락으로 이스마일의 손가락에 깍지를 끼었다. 그녀의 눈은 밤에 보는 어느 동물의 눈처럼 번쩍이고 뜨거워 보였다.

13

이스마일은 헬레나의 삶이 이루어진 모든 장소, 헬레나가 라프쉬의 고향 마을에서 보낸 유년 시절에 대해 알고 싶었다. 그리고 기억력을 갖기 전 요람에서 듣는 모든 이야기가 사람의 영혼을 이루듯, 그녀의 영혼을 이룬 이야기들을 어른들에게서 들으면서 옥수수와 바위가 지천에 깔린 그 낯선 땅에서 산양들과 함께 성장한 아가씨의 특이한 표정을 하나하나 알고 싶었다. 지금도 헬레나는 눈만 감으면 과거의 목소리들, 산의 요정들, 야생 석류와 함께 살았던 요정들의 찬미가, '카눔(세상을 창조하고 수많은 휴니크 족을 만들어 세상을 다스리게 한 신—옮긴이)'의 위압적이고 무시무시한 신화들을 회상할 수 있었다. 알바니아 북부의 모든 비밀은 카눔의 신화에 율법 형태로 포함되어 있었는데, 그 신화 앞에서는 함무라비법전마저도 빛이 나지 않았다. 라프쉬가 비록 한 국가에 속해 있었다 할지라도 알바니아 당의 강철 같은 법률이 결코 근절할 수 없었던 수백 년 전통의 자체적인 규범에 따라 통치된 유럽 유일의 지역이었다는 사실은 결코 허울이 아니었다. 바람소리, 의식을 치르는 사람들이 탄 말의 방울소리와 뒤섞이는 목소리들, 동이 트기 전에 횃불을 든 채 집집마다 돌아다니며 대문 앞에 잠시 멈춰 서서 문을 두드리는 수행원들의 소리와 뒤섞이는 목소리들, 결혼식 날 밤에 어머니가 또 하나의 혼수품으로 딸에게 전하여 세대를 이어 전승되던 호칭기도(呼稱祈禱, 순교자와 성인이 하느님에게 신앙인들을 위해 빌어줄 것을 당부하는 특유한 기도—옮긴이)와 뒤섞이는 목소리들. 모든 것이 한 트렁크에 들어갔다. 속치마, 린넨 셔츠, 자수가 놓인 하얀색 조끼였다. 그 조끼 호주머니에는 부인이 남편의 명예를 더럽히는 경우 남편이 부인을 죽일 권리를 상징하는 총알 하나가 혼수품으로 들어 있었다.

피의 복수에 관한 법칙이 적용되지 않은 지는 이미 오

래되었으나 그 의식만은 그대로 남아 있었다. 신부의 가족은 은으로 만든 총알 한 발을 빨간색 벨벳 조각으로 싸서 "그대의 손에 축복이 내리기를"이라는 말과 함께 신랑에게 건네주었다. 빅토르는 그런 야만적인 구습을 배척하는 현대적인 남자였지만, 자기 아내가 될 여자를 인정해준다는 표시로 그 의식을 받아들이고 싶어했다. 물론 그는 그 의식을 제대로 이해하지 못했다. 그 전통에 따르면 명예 살인이 행해지는 경우, 명예의 전당(殿堂)은 총알이 박히는 사람의 심장에 있었다. 결혼식 피로연이 끝나갈 무렵 신혼부부는 함께 활짝 웃으며 신부가 아내로서의 정절을 어기면 어떻게 될 것인지 농담을 했다.

산들의 정상에는 일종의 무시무시한 아름다움 혹은 아름다운 공포가 있었다. 자연의 격렬한 행위가 이루어졌던 그 장소들은, 마치 공기의 밀도가 낮아져 덜 조밀하면서도 더 위협적으로 변해버린 것처럼, 뭔가 영원히 바뀌어버린 상태로 남아 있게 되기 때문이다. 산맥 꼭대기에서는 하늘이 바위 위에 전기 불꽃을 뿌리고, 폭풍우가 불 때는 바위들이 암말의 머리처럼 우뚝 섰다. 마치

160

이해할 수 없는 어떤 힘을 세상에 과시하고 있다는 듯이. 그런 풍경은 사람의 마음을 전혀 달래주지도 못하고, 전혀 아름답지도, 전혀 호의적이지도 않았다. 그럼에도 그 풍경을 남겨 두고 떠나야 했을 때 헬레나는 자신의 몸 가운데 일부가 떨어져 나가는 것 같은 느낌이 들었다. 그녀는 자기 몸의 어떤 부분이 아픈지, 자신이 어디로 가는지, 그들 봉우리로부터 멀리 떨어진 곳에서 자기를 기다리고 있는 것이 무엇인지 정확히 모르고 있었다. 하지만 자신이 어디를 가든지 계속해서 불어대는 그 무거운 바람을 숙명으로 여기고 함께 갈 것이라는 사실을 알고 있었다.

　헬레나는 자신을 보내기로 결정되었다는 통보를 학교 마당에서 들었다. 티라나 교육청의 장학사들이 학교를 공식 방문한 뒤, 헬레나의 담임을 맡은 여교사가 그녀에게 전해주었다. 그 어느 때보다 쾌청하고 청명한 오전, 하늘과 눈(雪)은 눈이 부실 정도로 강렬한 빛을 발산하고 있었고, 모든 것이 유리처럼 반짝거렸다. 검은 정장에 넥타이를 매고 수도에서 온 그 남자들은 깎아지를 듯이 높은 바위산에서 자라난 청소년 몇몇에게 알바니아와 당에 봉사할 수 있는 유용한 시민으로 성장해야 할 의무를 지니고 있다고 이야기했다. 그 남자들은 그런 목적을 달성하는 데 필요한 적성을 잘 보여준 학생 몇을 선발했다. 헬레나는 자신의 재주가 무엇인지 정확히 몰랐으나 그 공무원들 중 키가 가장 큰 남자가 크고 텁수룩한 손을 그녀의 머리에 올려놓고 이름을 물었을 때 자신이 고향 마을을 떠나야 하는, 선택받은 아이들 가운데 하나가 될 것이라고 직감했다.

'티라나는 어떤 곳일까? 딱히 가보고 싶진 않은 그 도시에는 어떤 운명이 날 기다리고 있을까?'

헬레나는 작은 밴의 뒤 차창 너머로 멀어져 가던, 먼지에 둘러싸인 집들, 무화과나무들, 닭장의 말뚝들, 혹독한 추위에 파묻힌 개들을 바라보며 그런 생각을 했다. 마을의 노인 하나가 산에서 사는 온갖 새의 노래를 회양목 피리로 재현하면서 아이들을 태우고 떠나는 차 꽁무니를 한참 동안 뒤쫓아왔다. 왈칵 쏟아지는 눈물을 꾹 참아가는 동안 제어할 수 없을 정도로 가슴이 떨렸다. 헬레나는 자신의 마음속에 있는 모든 감정을 꾹 억누르려고 애쓰면서 온갖 이별 의식을 잘 참아냈다. 심지어 그 낯선 남자들 앞에서 어머니가 마지막으로 꺼안아주었을 때조차도 참았다. 하지만 멀리 떨어져 있던 개들이 피리로 오랫동안 재현되던 새들의 노래에 화답하듯 몹시 서글프게 짖어대는 소리를 듣자 더 이상 참을 수가 없었다.

수도에서 헬레나를 처음으로 놀라게 한 것은 그 도시의 호흡, 즉 분주히 오가는 차와 경적소리 가득한 거리에서 발생하는 짜증나는 굉음이었다. 티라나는 넓디넓은 길들, 공동묘지의 벽감처럼 똑같이 생긴 건물들, 갈색으로 변하기 시작하는 플라타너스 잎사귀에서 반짝이는 독특한 빛으로 이루어진, 하나의 회색 원형 경기장이었다. 헬레나에게 여학생 기숙학교는 몇 년 동안 거대한 묘지였다. 그 도시 사람들의 관습은 헬레나에게 새로웠다. 단어 맨 끝 음을 생략하는 선생님들의 발음에 익숙해지기는 정말 어려웠다. 선생님들은 헬레나의 촌스런 억양을 없애고, 자신을 여전히 라프쉬의 촌뜨기 소녀로 인식하려는 듯한 그 말수 없는 태도를 그녀의 영혼에서 뽑아내려고 애썼다. 불면증과 고단함도 자신이 호기심 어린 급우들 앞에서 야만인 소녀로 인식된다는 사실을 깨달았을 때의 충격보다 나쁘지 않았다. 무엇보다, 노란 석양빛이 학생들이 옷을 갈아입는 기숙사 한쪽에서 다른 쪽으로 쭉 훑고 지나가는 밤이 되면, 자신이 2열로 놓인 철제 침대들로부터 쏟아지는 모든 질문의 목표가 된다는 그 굴욕감에 뼈가 움츠려들었다. 헬레나는 급우들의 질문에 대답하지 않으려고 늘 잠을 자는 척했다. 눈을 감고 있으면 깊이를 알 수 없는 땅속으로 끝없이 추락하는 느낌이 들기 시작했고, 금방이라도 울음이 쏟아질 것 같으면 담요로 얼굴을 덮었다. 낯선 사람들 앞에서 운다는 사실이 몹시 싫었다.

나중에 이스마일이 시로 빚어내게 될 헬레나의 얼굴은 더욱더 무표정해 갔는데, 창백한 피부가 딱딱한 표정과 더불어 날카로운 인상을 심어주었기 때문에 많은 사람이 헬레나를 오만한 여자라고 생각했다. 하지만 그런 것은 헬레나가 자신을 지키기 위해 쌓아야 했던 방어용 성벽이었다. 그 수직적인 도시의 거친 분위기 속에서 숙녀로 성장하려는 고독한 노력 때문에 헬레나는 그 어느 때보다 삐쩍 말라 있었다.

사범학교 첫 학년 때 빅토르를 만나기 전까지만 해도

헬레나는 티라나가 지닌 다양한 매력을 발견하지 못했다. 과거의 낡은 삶과 다가올 새로운 삶 사이에서 머뭇거리는 가을처럼 어쩌면 그것은 당연한 일이었다. 당시 군복 차림의 빅토르는 팔짱을 끼고 뭔가에 몰두한 채 동상처럼 꼼짝도 하지 않고 버스 정류장에 서 있었다. 머리카락은 바람에 헝클어진 나뭇가지처럼 온통 쭈뼛 곤두서 있었다. 헬레나는 밀랍으로 만든 인형처럼 서 있는 빅토르를 조롱 어린 시선으로 바라보고 있다가 피식 웃고 말았다. 사랑은 바람과 같아서 노래를 흥얼거리고 싶은 마음과 즐거움을 수시로 불러일으키는 법이다. 두 사람이 사귀기 시작하고 나서 몇 주 동안 대로변의 밤나무들이 불타는 색깔로 변했다. 어느 날, 순국선열로에서 식물원까지 가는 버스 안에서 헬레나는 빅토르의 손이 자기 외투 속의 목에 와 닿는 것을 느꼈다. 빅토르의 어깨에 고개를 기댔을 때 그녀는 티라나에 온 이후 처음으로 마음이 든든해지는 것을 느꼈다. 마치 햇빛이 공원의 벤치 위에, 그리고 라나 강변에 있는 카페들의 최근에 유약을 칠한 문에, 연인을 껴안고 있는 사람의 손가락에 끼인 반지의 섬광에 응결되어 있는 것처럼 느껴졌다. 황금으로 도금한 라메(장식용 의복, 장신구, 신발 등을 만드는 데 사용되는 주자직 직물―옮긴이) 같은 가을 낙엽이 두 사람 위로 떨어졌다. 사랑은 발랄하고 경쾌한 감정이었다. 두 사람은 불과 몇 개월 만에 결혼했다.

그동안 헬레나를 움직였던 충동적이고 급한 성격, 늘 죽음에 대해 생각하던 그 복잡한 감정은 이스마일을 만나고 나서 완전히 달라졌다. 헬레나는 자신이 어떻게 해서 사랑에 빠지기 시작했는지 설명할 수 없었을 것이다. 아마도 사랑은 그녀가 처음으로 이스마일의 방 사방에 흩어져 있는 것들을 살짝 정리해주려는 생각에 이스마일의 사물에 손을 댔을 때 우연히 시작되었던 것 같다. 바지는 의자 등받이에 아무렇게나 걸려 있고, 셔츠는 뒤집어져 있었다. 책상 위에는 펼쳐진 책들, 연필, 볼펜, 유포로 장정한 공책이 널브러져 있었다. 자신이 무례를 범한다는 생각이 들었지만, 그녀는 공책을 펼쳐서 마지막까지 읽어버렸다. 서체는 깔끔하고 분명했으나 글의 의미가 모호하고 불분명해서 쉽사리 이해할 수 없었다.

한 남자의 삶에서 일어난 너무 많은 사건들, 즉 그가 무엇을 꿈꾸는지, 무엇을 두려워하는지, 기억하지 못하는 것이 무엇인지는 겉으로 드러나지 않는다. 누군가 어떤 사람의 비밀스런 내용이 담긴 시를 읽게 되면 그 사람의 영토에 들어가게 되는데, 탐험가라는 직업은 자신이 찾는 것을 사랑하기 때문에, 그 영토의 지도에 실린 계곡, 절벽 혹은 황량한 평원들까지 속속들이 알아야 한다. 헬레나는 드디어 아찔한 그 절벽의 정상에 더 가까이 접근하게 되었을 때 이스마일이 써 놓은 시 속에서 자신의 이름 첫 자인 'H'에 응축된 자신의 존재를 인식했다. 그 말없는 문자 하나와 더불어 헬레나는 자신을 감싸버리는 그 글 안에 갇히게 되었다. *그대는 엉겅퀴의 심장에 들어 있는 물진주 같은 존재.* 어느 날 오후, 그러니까 그녀가 다마스크 천으로 만든 식탁보의 비호 아래 이스마일의 손을 만져보겠다는 충동의 고삐를 풀었던 날로부터 며칠 전에, 은밀하게 이 구절을 읽었다.

　그때부터 헬레나는 이스마일이 써 놓은 시구들을 읽지 않고는 아무것도 할 수 없었다. 이스마일의 시구들은 그녀를 사주해 공책 안으로 침투해 들어가게 만드는 힘을 지니고 있었다. 헬레나는, 자신이 세상에 존재한다는 사실을 깨닫기 위해 다른 사람의 눈에 비친 자신을 봐야 하는 어느 여자처럼, 그 시를 통해 자신의 영혼을 정화시킬 수 있으리라는 예감을 받고, 새로운 주석들을 읽어야 했다. 지붕 처마에서 힘차게 떨어지는 빗물이 정원의 흙을 파헤쳐 마침내 흙 표면에 작은 구멍들을 팠다. 헬레나는 독서에 몰두해 있었기 때문에 문을 열기 위해 손잡이를 돌리는 소리도 듣지 못했다. 문이 열렸다는 사실을 알았을 때는 이스마일이 그녀의 손목을 힘차게 쥐고 있었다. 두 사람은 서로를 붙잡은 채 벽에 기대어 섰다. 공포에 사로잡혀 잔뜩 긴장했지만, 한편으로는 도발적인 눈빛으로 서로를 쳐다보면서 도주의 마지막 순간에 이른 것처럼 숨을 헐떡거렸다. 이스마일은 쇄골 부분, 상의 네크라인의 어두운 틈으로부터 젖가슴이 시작되는 부분에 이르기까지 눈으로 애무해가면서 손가락 끝으로 그녀의 목에 짧은 선을 그렸다. 이스마일은 가슴에서 느끼는 압박감, 뱃속에서 일어나는 경련을 어렵사리 참고 있었다. 두 사람의 입술이 아주 가까이 접근해 있었다. 키스를 하려고 먼저 얼굴을 갖다 댄 사람은 헬레나였다. 그녀는 이스마일을 껴안으려는 다급한 격정에 사로잡혀 완전히 변해갔다. 헬레나가 이스마일의 몸에 배를 붙이려고 엉덩이를 들어 올렸다. 두 사람은, 자신들 사이에서 타오르고 있던 공기를 정화시키기 위해서는 말을 꺼낼 필요가 전혀 없다는 듯이, 아무 말도 하지 않았다.

두 사람은 어스름한 방에서 하나로 묶인 특이한 조각품이 되었다. 노골적으로 서로의 몸을 밀착하고, 손은 서로의 옷 속에서 장난을 쳤고, 이스마일의 성기는 바지의 천을 격렬하게 압박했다. 밖에서는 빗줄기가 더욱더 격렬하게 쏟아져 함석 배수관을 통해 흘러내렸다. 두 사람의 고개가 기울어졌다. 입은 탐욕스럽게, 숙명적으로 서로를 찾고, 입술은 축축해지고, 콧구멍은 벌렁거리고, 그 사이에 두 사람의 호흡은 리듬이 갈수록 강해져 숨이 멎어버릴 정도로 다급해졌다. 그 리듬은 누군가에게 들킬지도 모르는 위험 때문에 더욱더 격렬해지고 있었다.

"기다려요, 제발." 헬레나는 타는 듯한 목소리로 겨우 말을 하고 나서야 숨을 고를 수 있었다. "여기서는 안 돼요, 여기서는 안 돼요, 제발." 헬레나가 다시 말했다.

14

"들어와요, 기다리고 있었소."

코스투리가 이렇게 말했으나 이스마일은 현관 바닥에 깔려 있는 카펫에 빗물이 고일까봐 감히 들어서지 못하고 있었다. 우산과 비에 젖어 번들거리는 비옷을 손에 든 채 문턱에 서 있었다. 일주일째 비가 그치지 않고 있었다. 티라나 시 전체가 광장과 마상(馬像)들을 뒤덮는 빗소리 안에서 살아가고 있었다. 비는 정부 청사들의 대좌(臺座)와 대리석 계단을 통해 흘러내리고, '라디오 알바니아'의 안테나를 은빛으로 반짝이게 했다. 그리고 스포츠 스타디움, 모두 똑같이 생긴 사무용 건물들의 불켜진 창들, 잡석으로 쌓은 제방들, 이스마일이 친구 블라디미르가 가르쳐준 주소지에 도착하기 위해 서둘러 걸었던 좁은 거리로 흐르고 있었다.

이스마일 또한 아침이면 쏟아내는 겨울철 기관지 기침 때문에 용기가 확연하게 꺾인 것처럼 보였다. 그 기침은 아마도 그의 배 혹은 그 자신은 잘 모르고 있었지만 그의 영혼에서부터 나온 것이었을 수도 있었다. 더욱이 소요사태가 벌어져 겨울에 대학이 폐쇄되고, 경비가 삼엄한 거리에서 밤의 공포를 겪은 뒤 이스마일은 낯선 사람들 앞에서 새삼스레 두려움과 불안함을 느끼게 되었다. 과거의 소문이 다시 나돌았고, 날이 어두워지기가 무섭게 거리는 텅 비어버렸다. 어둠은 집 유리창 뒤에 숨어 밖을 감시하는 눈들에 구멍이 뚫려버렸다. 확실하게 알려진 것은 전혀 없었다. 그 불확실성은, 형체를 알 수 없는 형상들에서 유발된 유년 시절의 공포처럼, 두려움을 더욱더 키웠다.

이스마일은 어렸을 때 형과 함께 한나에게서 들었던 이야기를 최근 들어 더 자주 떠올려 보았다. 한나가 형제에게 두려움을 주기 위해서라기보다 전 세계 농촌의 민담이 지닌 예방적이고 징계적인 의미를 부여하기 위해 들려주던 것이었다. 가출해 멀리 가버리거나 말을 듣지 않거나 부모에게서 달아나버린 부주의한 어린이들은 거리를 배회하는 사람들이나 석탄장수들이 배낭에 넣어 데려가 버린다는 이야기, 밤에 벨벳 망토를 두르고 나타나 탐욕스런 어금니로 아이들의 살을 찔러 부드러운 피를 빨아먹는 흡혈귀들에 대한 이야기였다. 한나는 예로부터 불려왔고, 어머니들과 유모들이 유년 시절에 들어 여전히 기억하고 있던 자장가를 아이들에게 들려주었다.

똑 똑.
거기 누구세요?
네 잠을 쫓아주는
검은 새지.
한 마리, 두 마리, 세 마리.
잘 자라, 내 아가,
무서워하지 말아라……

밤이 되면 그 누구도 감히 밖에서 혼자 놀려고도 하지

않았고, 볼일이 있어서 밖에 나가도 쓸데없이 빈둥거리지 않고 곧바로 돌아왔다. 모두 낯선 사람들 앞에서는 극도로 조심하는 법을 배웠다. 하지만 이런 두려움도 검은 옷을 입고 커다란 관용차를 타고 거리를 순찰하는 사람들, 차 와이퍼의 규칙적인 움직임에 따라 나타났다 사라지는 날카로운 눈빛 앞에서는, 혹은 커다란 외투를 입고 손전등 불빛을 비추면서 항상 은밀하게 노려보며 감시하고, 어느 집 문을 때려 부수고 들어가서는 위층 아래층 방을 모조리 뒤져 서류며, 책이며, 생활용품 같은 것을 조사하고, 밤의 어둠 속에 숨어 있던 사람들에게 총구를 들이대 끌어내면서 효과적인 만큼 잔인하게 행동하는 두건 쓴 남자들의 실루엣 앞에서는 전혀 소용이 없었다.

코스투리는 나이가 들어 가벼운 병도 앓고, 또 명상이나 회의, 심지어는 후회 같은 것도 하게 되는 남자 특유의 유연하고 느긋한 표정으로 이스마일을 쳐다보고 있었다. 하지만 표정과는 달리 눈은 작고 깐깐해 보였다. 그는 팔꿈치가 많이 닳은 회색 스웨터를 입고 펠트 슬리퍼를 신고 있었는데, 그 슬리퍼 때문에 늙은 외모가 더욱 두드러져 보였다. 코스투리가 손님의 비옷을 받아 걸기 위해 횃대 쪽으로 가고 있는 사이 이스마일은 그의 등이 약간 굽어 있고, 걸을 때 관절염을 앓는 사람처럼 발을 조금 끈다는 것을 발견했다.

"단서가 될 만한 걸 발견했소. 그래서 댁을 이리 오라고 부른 거요." 코스투리가 이스마일에게 커다란 철제 난로 앞에 놓여 있는 의자를 가리켰다. "우선 많이 젖었으니 여기 좀 앉아요."

"도대체 무슨 일입니까?"

이스마일은 호기심 어린 눈으로 주변을 살펴보고 있었다.

난로 주위에는 심홍색 비닐을 씌운 의자 네 개가 있었고, 포마이카 탁자 위에는 아주 오래된 라디오 한 대가 있었다. 변변찮은 가구도 별로 없고, 안쪽 벽에 걸려 있는 금속제 선반 하나를 제외하고는 벽도 휑뎅그렁했다. 집 안은 마치 노령, 아니 고독 때문에 그 은퇴공무원이 삶의 편의에 무관심할 수밖에 없었다는 듯, 그의 의기소침한 태도와 어울려 오래된 사무실처럼 보였다.

"일종의 도면이라고 할 수 있는 스케치가 있긴 한데,

아직은 잘 모르겠소." 코스투리가 난로 뚜껑을 들어 올려 두꺼운 압축 톱밥 봉 두 개를 난로에 집어넣고 도안 두 장을 펼치자 밑그림이 갑작스럽게 붉은 빛을 띠며 밝아졌다. "내 관심을 불러일으킨 것은 그 도안에 있는 두 개의 서명이오. 하나는 과거에 내가 알고 지내던 사람으로 당시 특수임무를 맡고 있던 어느 국무부 공무원의 것이오. 다른 하나는 댁의 아버지인 자눔 사령관 것이고. 뒷면에 적혀 있는 날짜는 1961년 9월 15일인데, 블라디미르가 나한테 설명해준 바에 따르면 그 해 그 달은 댁이 그동안 찾고 있는 그 의사에 대한 단서를 잃어버린 시간과 일치하오."

"그래요, 기오르크 박사님이죠."

이스마일이 확인해주었다.

"문서에는 그 며칠 동안 재판이 여러 번, 그러니까 총 일곱 번 열린 것으로 나타나는데, 일곱 번 다 국무부 직원들에 대한 것이오. 다시 말하면 국내의 숙청 건에 관한 것이라는 말이오. 게다가 문서에는 기소된 사람들의 성명, 주민등록번호가 기록되어 있소. 그런데 그들 사이에 기오르크 박사의 이름은 전혀 등장하지 않아요."

반평생 동안 뒤를 캐고, 연락망을 만들어왔던 코스투리는 나이가 들었지만, 그런 일을 하기 위해 신속하게 결론을 도출해내는 능력을 고스란히 간직하고 있는 사람의 설득력 있는 표정을 지으며 미간을 찌푸렸다.

"무슨 말씀을 하시고 싶은 겁니까?"

이스마일은 주제에서 벗어나 곁가지로 흐르는 그 이야기가 어디로 가고 있는지 미처 이해하지 못하고 이렇게 물었다.

"나는 이런 일을 여러 번 보았소." 코스투리는 마음 깊은 곳에 심각한 것들을 담은 우물 하나가 자리하고 있다는 듯이 무엇인가에 넋이 빠진 것 같은 표정을 지으며 잠시 입을 다물었다. 그러고서 부지깽이로 난로 안의 불을 휘저었다. "내가 지금 하는 말은 병렬형 재판에 관한 것이오." 코스투리가 설명했다. "고발은 당연히 당 정치국의 어느 위원이 한 것이고, 그렇게 되면 그건 특수부로 이첩되지요. 그렇다면 증거들은 필요 없게 돼요. 그 누구도 확인해주지 않을 테니까. 만약 누군가 이런 식으로 선고를 받았다면 모든 게 끝장나버린 거요." 그 늙은 공무원은 이제 열을 내가며 말하고 있었다. "반듯했던 것이 굽어버리고, 중요한 증거들이 거부당하고, 눈 깜빡할 사이에 세상 전체가 무너져 내려요. 그렇듯 아무도 믿을 수 없는 상황이 되는데, 그때는 내부에 쌓인 분노가 폭발하고 말지요. 이웃 사람이든, 해고된 하인이든, 아이든, 질투심 많은 남편이든…… 누구든 고소를 할 수 있게 된단 말이오. 일단 국무부의 계획이 작동해버리면 제어할 방법이 없어요. 나는 내가 무슨 말을 하는지 아주 잘 아는 사람이니까, 날 믿어요. 나는 사람들의 시야에서 벗어난 곳에서 벌어지는 음모에 참여한 적이 있어요. 거짓 증거, 소설 같은 증언이 날조된다고요." 그는, 자기가 한 말의 가장 깊숙한 곳에는 그토록 센 조직의 영향에서 벗어날 수 있는 사람은 단 한 명도, 결코 없다는 확신이 자리하고 있다는 듯이, 낙담하는 어투로 말을 계속했다. "우리 모두는 이 나라를 만들어냈다는 의심스런 공적을 지닌 사람들 앞에 고개를 조아리고 그들의 말에 동의하거나 입을 다물게 되는, 그 무자비한 종교에 들어가버린 것이오."

의구심을 유발하는 그 예기치 않은 고백의 내용은 차치하고, 이스마일을 놀라게 한 것은 고스투리의 말투였다. 호전적이지도, 이해심이 넘치지도, 당황하지도 않고, 오히려 삶의 마지막 순간에 스스로를 용서하고, 자신들이 당시까지 지탱해 왔을 그 존재방식을 포기할 수 있는 마지막 기회를 얻은 사람들처럼, 속죄하는 것 같은 말투였다.

그 공무원이 자신의 추억 속에 파묻히기 위해 대화의 목적에서 벗어났다는 것은 명백했다. 이스마일이 그와 만날 약속을 지키기로 작정했을 때 지녔던 불신감은 그의 말을 들어가면서 점차 사라지기 시작했다. 사실 이스마일의 친구 블라디미르 하즈비우가 자기 아버지의 무덤을 찾을 수 있었던 것도 코스투리가 협조를 했기 때문이었다. 어찌 되었든, 비록 그에 대한 이스마일의 믿음이 깊어졌다고는 해도, 무덤들에 관해 아주 아리송하게 이야기하는 그의 말을 들을수록 이스마일의 우려는 커져가고 있었다.

"도대체 왜 저를 도와주시려는 거죠?"

이스마일이 코스투리에게 물었다.

코스투리는 틀림없이 그 질문을 좋아하지 않았을 것이다. 이스마일이 살짝 드러낸 불신 때문이라기보다는 그의 말을 끊었기 때문이었다. 코스투리는 질책하는 듯한 눈초리로 이스마일을 노려보았다.

"말하자면 내 나름대로 타당한 이유가 있기 때문이오." 코스투리가 대답했다. "하지만 나는 지금 그게 가장 중요하다고 생각하지는 않아요. 혹시 내가 계속 말하는 걸 원치 않는 거요?"

"죄송합니다. 계속하시지요."

이스마일은 코스투리에게 말을 계속하라는 손짓을 하면서 사과를 곁들여 부탁했다.

"지금 그 이름을 밝힐 수는 없소만, 어떤 사람이 1961년 그 해에 일어난 아주 특이한 사건을 나한테 말해준 적이 있소." 코스투리가 말을 계속했다. "9월 초에 두레스에서 체포된 의사에 대한 것인데, 그 의사는 네 사람이 브린디시까지 가려면 뱃삯이 얼마나 드는지 어느 어선의 선주와 협상하려 했어요. 그들이 왜 그곳에 가려는지 설명해주지도 않았고 알 수도 없었지요. 그런데 첩보국은 그 일을 테메 세즈코 제독이 처형되고 벌어진 정치적 박해와 곧바로 엮어냈어요. 모든 것이 뒤틀려 버리기 시작한 건 그때였어요. 비밀 매장의 실행이 제도화되고,

그에 대한 대응 수단으로 조직이 가동됐지요."

　이스마일이 자세를 고쳐 앉았다. 그 '조직'이라는 말을 들은 것이 평생 두 번째였기 때문이다.

　"조직이라고요?" 이스마일이 의구심을 역력하게 드러내며 물었다. "그게 혹시……?"

　"그래요, 바로 그거요." 코스투리는 이스마일이 질문을 끝내도록 내버려 두지 않고, 걱정스럽다는 표정을 지으며 말을 잘랐다. "우리는 시체애호가들의 나라, 무덤을 찾는 자들의 나라를 건설했어요. 댁은 당시 아주 어려서 기억하지 못하겠지만, 티라나 대극장에서 공판 하나가 열려 모든 국민한테 중계됐지요. 확성기 수백 개가 광장을 귀머거리로 만들어버렸어요. 최종선고가 내려지기 전에 이미 테메 세즈코 제독은 실제로는 결코 존재하지도 않았던 소비에트-미국의 음모에 가담한 역적으로 발표됐지요. 그런데 모스크바와 워싱턴이 작당해 음모를 꾸몄다는 그 따위 생각이 도대체 어느 인간의 머리에 들어갈 수 있겠소?" 코스투리가 고개를 가로저었다. 그의 눈동자가 작은 눈 깊숙한 곳에서 두 개의 조그마한 숯불처럼 반짝거렸다. 그 불꽃같은 눈 때문에 얼굴 표정에서 나이 든 사람의 외로움이 역력하게 느껴졌다. "아무튼 우리 얘기로 돌아갑시다." 코스투리가 다시 이야기의 가닥을 잡으며 말했다. "보아하니 국무부가 체포된 죄수를 티라나로 즉시 옮기도록 명령했던 것 같아요. 심문을 하려고 했던 모양이오. 하지만 죄수가 감옥에 도착하기 전에 예상치 못한 일이 벌어졌소. 호송관이 무슨 이유 때문이었는지 경로를 이탈했는데, 차가 고장 났거나 사고가 났거나, 아니면 취소명령을 받았기 때문일 수도 있었겠지. 문제는 그 죄수가 티라나에 도착하지 않았다는 거요. 그 의사의 왕진가방이 어느 외곽도로에서 발견됐는데, 그 가방 안에는 죄를 씌울 수 있는 다양한 증거가 들어 있었어요. 러시아어로 쓰인 과학 관련 서류들, 소련 비밀 정보국(KGB)의 배지, 코카서스에 있는 산들의 지형도도 있었는데, 그럼에도 이런 증거들은 죄수를 체포했던 두레스의 순찰경찰관이 작성한 첫 번째 보고서에는 나타나지 않았어요. 조사는, 사건 Z에 배당하라는 통지문과 더불어 즉시 특수부로 이첩됐소. 그 순간부터 그 사건에 관한 사항들은 혼돈스럽고 모순적이기까지 했어요. 몇몇은 그 용의자가 티라나 근교에서 처형

당했다고 말하고, 다른 사람들은 엔베르 호자의 부하들 가운데 가장 무서운 자가 개별적으로 심문하도록 당 중앙위원회의 지하실로 보내졌다고 말했소. 당시 '지로카스트라의 백정'이라 불리는 그자의 심문 기법이 어찌나 악랄했던지 그 세세한 내용이 인구에 회자되어 알바니아 전국에 퍼져 있었소. 어쨌거나 그 용의자가 고문을 참아냈을지도 모르는 일이오. 아니면 호자의 부하가 너무 빨리 통제권을 상실했을 수도 있고. 왜냐하면 그 부하는 용의자를 기소할 수 있는 그 어떤 서류에도 서명하지 못했고, 그 의사와 함께 브린디시로 가려 했다는 세 사람의 이름도 밝혀내지 못했기 때문이오. 그런 연유로 더 많은 체포자를 날조해 내서 사건 Z의 서류를 두껍게 만들었을 것이오. 그럼에도 그 사건은 각종 간첩죄에 관련된 사건 중 아주 작은 것에 불과한 데다 형이 확정되지도 않았고, 또 가장 반칙적인 면모를 지니고 있었소. 게다가 이런 스케치까지 있어요." 코스투리는 이렇게 말하면서 이스마일에게 그래프용지 한 장을 건넸다. 그 용지에는 도로와 비스듬하게 교차해서 흐르는 어느 하천 위에 놓인 다리가 표시되어 있었다. 도로의 도면은 아마도 하상(河床)들 때문인지 높낮이가 다양했고, 언덕들 때문에 구불구불 도는 형상이었다. 도로 왼쪽으로는 천장이 삼각형인 건물이 여러 채 붙어 있었다. 건물을 어둡게 보이도록 하는 그 황록색을 통해 판단하건대, 군사시설이 틀림없었다. 십자 표시가 되어 있는 그곳은 바위 절벽 아래에, 군사기지에서 약 2센티미터 정도 떨어진 곳에 위치해 있었는데, 척도 10,000분의 1 지도인 점을 참작해 계산하면 실제 지표면에서는 고작 200미터 정도 되는 거리였다.

"그곳이 어딘지 압니다." 이스마일은 시선을 진지하게 종이에 고정시킨 채 말했다.

15

　타인의 삶에 간섭하는 사람은 모두 벌을 받게 된다. 서로를 향한 확고한 신뢰가 없다면 그 누구도 타인과 우정을 교환하지도, 타인을 믿지도 않는다. 하지만 신뢰만이 그런 것이 아니다. 아득하고 은밀한 꿈과 추억도 마찬가지다. 저녁 식사를 하기 위해 조용히 고개를 숙이는 남자의 얼굴처럼. 혹은 아이들이 목욕하는 모습을 보고, 비누 거품을 보고, 비누 냄새를 맡고, 아이들의 흥얼거리는 노래를 듣고, 막 다림질을 한 옷의 질감을 살펴보는 어느 여인의 표정처럼. 같은 맥락에서, 어떤 식으로든 사랑이 전제되지 않은 상태에서 타인의 고백을 곧이곧대로 믿을 사람은 아무도 없다.

이스마일이 헬레나의 입을 통해 알게 된 사실은 완전히 새로운 것이 아니라 하더라도, 그녀가 발설한 말은 그의 등골에 소름을 끼쳤다. 이스마일과 헬레나는 로톤다에서 터키식 쿠션 몇 개를 바닥에 깔아 놓고 함께 앉아 있었다. 주위에는 옛 사진, 동화책, 어린이용 장난감이 있었다. 이스마일은 담배에 불을 붙여 헬레나의 입술에 물려주는 짧은 시간 동안 입을 다물고 있었다. 그 입술은 도저히 받아들일 수 없는 어느 사실, 즉 사랑의 침대는 남녀가 서로에게 상처를 입힐 수 있는 모든 무기를 서로에게 넘겨주게 되는 유일한 장소여서, 그녀 또한 예전에 또 다른 사랑의 침대에서 들은 것이 틀림없는 사실을 불과 몇 분 전에 밝혀냈다.

헬레나는 검은색 터틀넥 스웨터를 입고 있었는데, 스웨터의 색깔 때문에 몇 개월 전보다 더 길어진 퍼머넌트 머리의 밝은 갈색 톤이 두드러져 보였다. 그녀는 흰 벽에 등을 기댄 채 앉아 있었다. 박물관이나 일부 유적들처럼 시간성이 결여되어 있는 그 원형의 공간에는 시간의 흐름, 세월의 흐름에 대한 감각조차 존재하지 않는 것 같았다. 밀폐된 공기에 둘러싸여 있는 두 사람 사이에서 라이터의 황금빛 불이 흔들거리고 있었다. 그런 장소들은 그렇게 정적으로 존재하고 있었다. 그런 곳에서는 산 자들과 죽은 자들이 아주 낮은 목소리로 뱉어낸 말의 메아리, 종이를 찢을 때 나는 작은 소리, 성냥에 유황불이 붙으면서 나는 소리, 그리고 아마도 훨씬 더 신비로운 다른 소리들, 즉 몸이 움직이기 시작할 때 나는 소리, 기름을 칠하지 않은 경첩 소리, 좀 한 마리가 분별없이 날아가는 소리 사이에서 한 쌍의 그림자처럼 움직이고 있다.

이스마일은 헬레나의 말을 들으면서 밀폐된 공간의 열기, 그녀의 말이 풍기는 조바심, 불길한 멜로디 같은 말의 소리를 다시 느꼈고, 그녀가 내뱉은 목소리의 단순한 울림과 말의 의미 사이에서 흘러가던 몇 초의 시간을 인지하고 있었다. 이스마일은 말의 의미를 온전히 이해하기 위해 자신의 흔적을 되밟는 것처럼 자신에게 되물어봐야 했다.

"'그 여자'는 사람들이 자기한테 독을 먹이고 있다는 사실을 알고 있었지만 대처할 힘이 전혀 없었어요."

헬레나가 말했다.

바로 그때 대화는 불가피하게 그 아득하고 희미한 과거의 그날 밤으로 돌아가야 했다. 그날 밤 정원 울타리 뒤에 숨어 있던 아이 둘 가운데 적어도 하나는 정자에서 이루어진 대화를 들었거나 들었다고 믿었다. 당시 그곳에 나와 있던 어른들은 마지막 술잔을 비우고 있었다. 그 사이에 잔잔한 바람이 불면서 땅거미가 내리깔렸고, 하늘에는 첫 번째 별이 뜨기 시작했다. 공기는 잎사귀와 숲에서 들리는 은밀한 소리, 올빼미가 우는 소리, 개가 짖는 소리, 그리고 그 대리석 식탁에서 큰 소리로 이루어지던 대화로 채워지고 있었다. 워낙 갑작스런 일이라서 그 대화의 내용이 무엇인지 이해할 수 없었던 소년은 의구심에 사로잡혀 회양목 울타리 위로 고개를 쳐들기로 작정했다. 아마도 두려움을 떨쳐버리고, 시끄럽게 떠드는 그 모든 대화가 단지 오해에서 비롯되었고, 아마도 장난이었고, 극장에서 배우가 늘 관객에게 하는 공연처럼, 꾸며낸 연극 같은 것이라는 사실을 확인하겠다는 희망을 가졌을 것이다.

　"당신 형이 그날 밤에 들은 얘기를 나한테 해줬어요." 헬레나가 말을 계속했다. "당시 당신은 형과 함께 있었지만, 너무 어려서 아무것도 기억하지 못할 거예요. 하지만 형은 기억하고 있어요. 형은 말뜻을 이해하고, 생각할 수 있었거든요."

"형이 뭐라고 하던가요?"

이스마일이 동굴 깊숙한 곳에서 새어 나오는 소리처럼 걸걸한 목소리로 물었다. 어떻게 해서든 기억해보려 최대한 머릿속에 남아 있는 예전 경험들을 뒤적여보았지만, 아무 소용이 없었다.

"당신 아버지가 '그 여자'한테 선택권을 주셨다고 하더군요. 논쟁은 처음부터 목소리가 격앙되고 대리석 식탁을 치는 식으로 격렬하게 벌어져서 빅토르가 깜짝 놀랐어요. 당신 아버지는 '그 여자'한테 어딜 가려고 했는지 계속해서 추궁했어요. '그 여자'는 계속해서 모든 걸 부인했지만, 몹시 두려워하며 말을 더듬거렸죠. 기오르크가 민중 권력에 반하는 음모를 꾸민 적이 없기 때문에 증거들은 허위라고, 그를 파멸시키고 싶어하는 누군가가 만든 올가미라고 했어요. 하지만 자눔은 '그 여자'의 말을 잘라버렸지요. 자눔은 '그 여자'한테 여러 이름을 줄줄이 대면서 당신 형이 생생하게 기억하는 바로 그 말을 했어요. '친구를 속일 수 있는 사람이라면 자기 나라를 속이지 않을 이유가 없소.' 그때 '그 여자'는 모든 것이 끝장났다는 걸, 자신 또한 이미 선고를 받은 상태라는 걸 깨달았어요. 그러고 나서부터, 특이하게도, 논쟁의 강도가 차츰차츰 약해졌고, '그 여자'는 결국 저항을 포기했어요. 쓸데없는 싸움에 지쳐 이제 살겠다는 노력도 하지 않고 자포자기하면서 스스로를 내맡기는 조난자들처럼 말이에요. 당신 아버지가 한 손으로 '그 여자'의 팔뚝을 붙잡은 채 말했어요. '이제 내가 어떻게 하면 좋을지 당신이 결정하시오.' ……그게 바로 그 당시에 당신 형이 들은 말이에요."

이스마일은 천천히 눈길을 들어 올렸다. 사람의 눈빛은 가끔 남자가 지닌 온갖 신비를 집약해 놓은 것이 될 수 있고, 변하지 않거나 무기력한 슬픔을, 실의를, 즉각적인 호기심을, 각종 불길한 전조에 대한 두려움과 몇 년 동안 천천히 소멸하는 것에 대한 두려움을 최대로 농축해놓은 것이 될 수 있다.

"아버지가 말한 그 결정이 무엇을 의미하는지 '그 여자'가 정확하게 인식했다고 생각해요?"

이스마일이 물었다.

"물론이죠. '그 여자'는 그 모든 것이 한꺼번에 끝장나 버리기만을 바랐을 거예요."

헬레나는 쿠션 위에 모로 누워 한 손으로 머리를 괸 채 다른 손으로는 잠자는 강아지의 등을 쓰다듬어주듯 이스마일을 천천히 부드럽게 쓰다듬었다. 헬레나는 이스마일을 위로하기 위해 느릿하고, 은밀하게 말을 이어 나갔다.

"대화를 마치고 당신 어머니는 지친 듯 힘없이 자리 에서 일어나 방으로 돌아가버렸어요. 당신 아버지는 한 참 동안 정원에 그대로 앉아 있었지요. 숨소리만 들릴 뿐이었는데, 그 숨소리는 가끔 터져나오는 격정적이고 강렬한 울음 때문에 멈추곤 했어요. 늙은 동물의 숨소리 같았어요. 당신 형 빅토르는 그런 식으로 울고 있는 아 버지를 봤어요. 아버지의 그런 모습은 빅토르한테 그때 까지 들은 어떤 이야기보다 더 깊은 인상을 남겼어요." 헬레나는 잠시 말을 멈추었다가 덧붙였다. "빅토르는 당신 아버지를 참 많이 좋아했어요. 어렸을 때부터 아버 지한테 진정한 애정을 가지고 있었거든요."

"그러니까 형은 아버지 말이 옳다고 생각했군요!"

이스마일은 쉽사리 믿기지 않는다는 듯 큰 소리로 말했다.

"그때 빅토르는 어렸어요."

헬레나가 자기 남편을 두둔하면서 대꾸했다.

"그럼 지금은요? 형이 그 모든 걸 어떻게 생각하는데요?"

짜증스러웠는지 이스마일의 어조가 상어가죽처럼 까칠해졌다.

"형은 모든 사람이 자신의 불행을 가져오기 때문에 크든 작든 우리 역시 그 불행에 대한 책임이 있다는 인식을 영혼 속에 지니고 있었던 것 같아요."

헬레나는 몇 분 동안 시선을 허공에 둔 채 뭔가 골똘히 생각하는 눈빛이었는데, 이내 내밀한 숙고에 빠져들었다는 듯이 이스마일의 등을 쓰다듬던 손을 멈추었다.

"아버지가 '그 여자'와 기오르크 박사 사이를 어떻게 알아냈을까요?"

"처음부터 알고 있었던 것 같아요." 헬레나가 깊은 생각에서 깨어나면서 말했다. "아니면 적어도 당신이 요양차 갔던 그 알프스 여행에서 돌아온 뒤부터 알았을 거예요. 빅토르의 얘기를 들어보면, 그 두 사람이 대화하는 방식이나 서로를 쳐다보는 눈빛이 눈에 띄었기 때문에 그 사실을 감추기가 어려웠대요."

그 순간 헬레나와 이스마일의 눈이 마주쳤다. 그들 자신도 유사한 상황에 처해 있고, 자신들로 인해 둘뿐 아니라 다른 사람들의 삶에 불행을 끼칠 수 있다는 사실을 이제야 깨달았다는 듯 입을 다문 채 서로의 얼굴을 바라보았다. 그러고서 이스마일은 자신의 입술로 그런 생각의 어두운 부분을 지워버리고 싶다는 듯이, 두 손으로 헬레나의 얼굴을 감싸고 이마에 부드럽게 입을 맞추었다.

"처음에 두 사람은 조심하려고 애를 썼어요." 헬레나는 이야기의 끈을 놓치지 않은 채 말을 계속했는데, 목소리는 처음보다 약해져 있었다. "관계를 완전히 끊을 생각까지 했으니까요. 기오르크가 당신 부모와 거리를 두려고 했던 것 같아요. 그 사람은 여러 달 동안 코카서스에 있었을 거예요. 하지만 결국 돌아왔는데, 이미 아무것도 할 수 없는 상태였죠."

"아버지가 어머니한테 복수하는 대신, 아직 시간이 남아 있었는데도 기오르크 박사한테 아무런 조치도 취하지 않은 이유는 뭘까요?"

"그건 아직 모르겠어요……. 아마도 당신 아버지는 남자들 사이의 문제는 다른 방식으로 해결해야 한다고 생각했던 것 같아요."

"그렇다면 기오르크 박사가 어머니를 지켜주려는 시도도 하지 않았다는 건가요? 어머니의 죽음을 막기 위해 아무런 시도도 하지 않았다는 말인가요?"

"무슨 일이 벌어졌는지 마지막 순간까지 몰랐던 것 같아요. 리시나(피마자, 또는 아주까리에서 추출한 맹독—옮긴이) 중독 증세는 감기와 아주 비슷해요. 열이 나고, 온몸이 찌뿌듯하고, 체중이 줄어들죠. 리시나는 첩보기관들이 조직 내부의 반대파들한테 늘 써먹던 독극물이었어요. 마지막 몇 주 동안 '그 여자'의 병이 이미 아주 깊어졌을 때 당신 아버지는 고통을 완화시키기 위해 물약에 클로랄(무색의 수면 마취제—옮긴이) 몇 방울을 첨가하는 걸 허락했어요."

헬레나가 다시 입을 다물었다. 그녀는 뜸을 들였다가

자리에서 일어나 벽에 등을 기대고 결가부좌 자세로 앉았다. 풀어헤친 머리카락이 검은 스웨터를 입은 어깨 위로 흘러내렸다. 광택 없는, 고색창연한 황금빛 긴 머리카락이 검은 스웨터 위로 두드러져 보였다. 그녀의 모습을 보자, 이스마일의 뇌리에 어린 시절 여름휴가를 보내던 두레스 근처 바닷가 마을에서 본 아득한 장면이 갑자기 떠올랐다.

어느 날 오후, 어부들이 바다 속에서 미케네의 어느 공주의 얼굴을 가린 가면을 들어 올려 배에 싣고 해변에 도착했다. 그들은 꽃이 가득 실린 포도 수확용 트랙터에 가면을 실었다. 여자 한 무리가 조용히 가면 뒤를 따라 마을까지 행진했다. 무엇보다도 그 공주의 얼굴이, 쑥 들어간 눈, 차분한 표정, 헬레나의 머리 색깔과 똑같은 색조를 지닌 황금빛 머리, 어떤 충격을 받고 함몰된 것 같은 턱이 이스마일의 호기심을 자극했다. 당시 이스마일은 아주 어렸지만, 그동안 모르고 있던 특이한 점을 그 장면에서 인지했다. 이스마일의 관심을 가장 많이 불러일으킨 것은 그들 사이에 숨어 있던 일종의 열정 같은 것이었다. 어부들 자신이 성녀를 운반하고 있다는 듯한 태도였다. 그 태도에는 공포와 신에 대한 경의가 뒤섞여 있었다. 당시 이스마일은 신앙의 신비에 익숙하지 않았다.

이스마일은 몇 초 동안 옛 생각에 빠진 채 활력이 넘치는 초록빛 하늘을 바라보았다. 하늘은 로톤다의 유리 망루 위에 열려 있는 자두의 껍질처럼 두드러져 보였다. 이스마일의 두 눈이 뿌옇게 흐려졌다. 이스마일은 한쪽 다리를 다른 쪽 다리 위에 포갠 채 조용히 균형을 잡았다. 그리고 아라베스크 문양이 새겨진 쿠션 위에 누워 있던 헬레나의 머리카락 속에 손목이 잠길 만큼 손을 깊숙이 집어넣었다.

그들은 거품 속에서 살아가고 있었다. 며칠 전까지만 해도 적이나 다를 바 없는 사이였지만, 이제는 서로가 시선에서, 목소리에서, 신뢰감에서 서로를 인정하고 있었다. 그들은 자신들을 괴롭히는 그 복잡하고, 혼란스럽고, 반항적인 감정뿐만 아니라 자신들보다 먼저였던 다른 욕정으로, 자신들을 감싸고 있던 어둠과 자신들이 느낀 허탈감으로 결합되어 있었다.

"느낌이 어때요?"

헬레나가 아주 낮은 목소리로 이스마일에게 물었다.

"후회스러워요."

이스마일이 말했다.

16

이스마일에게 후회는 집요하고 강렬한 감정이었다. 이런 후회를 바탕으로 욕망, 사랑 같은 다른 열정이 태어났다. 후회는 주변에 있는 공기처럼 한편으로는 이스마일을 감싸고, 다른 한편으로는 이스마일에게 전기처럼 짜릿한 느낌을 주는 무엇이었다. 가끔은 정확한 형태도, 냄새도, 감촉도 없는 것이었고, 또 빅토르와 이스마일이 파란색 날개가 달린 메뚜기를 잡아 커다란 성냥갑에 보관해 두던 그 날 봄비가 내린 뒤의 촉촉한 황금빛에 대한 추억처럼, 추억을, 모든 추억을 이루는 바로 그 물질과 연결되어 있는 것이었다. 이스마일은 성냥갑 안에 든 메뚜기들이 다리와 더듬이로 상자를 마찰하는 미세한 소리를 기억했다. 당시 이스마일은 다른 아이들과 함께 다즈티 산으로 소풍을 가서 상대방을 괴롭히는 장난을 치면서 놀곤 했다. 가끔은 서로 격렬하게 치고 박고 싸우기도 했는데, 이스마일은 적어도 자기편을 들어줄 형이 있는 행운아였다. 빅토르는 동생 이스마일의 보호자로 계속해서 지배권을 행사했다. 빅토르와 이스마일은 자주 송진 냄새와 풀 냄새를 풍기며, 바지 무르팍에 초록색 풀물을 들여 집으로 돌아왔다. 어머니는 갈수록 몸이 마르고 얼굴이 창백해진 모습으로 빌라 문 앞에서 아들들을 기다렸다. 어머니는 허리를 굽혀 이스마일을 안아 올린 뒤, 아들이 자라는 모습을 더 이상 향유할 수 없을 것처럼 힘껏 껴안았다.

빅토르와 이스마일은 늘 모든 것을 공유했다. 장난감, 전쟁놀이용 그림카드, 그리고 두 사람이 해마 가죽과 힘줄로 만든 배를 타고 기나긴 러시아 강들을 노 저어 항해하던 바이킹에 매료된 계기를 준 어린이용 그림 사전까지도. 함께 지리학과 식물학을 열심히 공부했는데, 이들 과목은 두 아이에게 여행을 하겠다는 똑같은 꿈과 동기를 심어주었다. 이스마일은 수백 킬로미터에 걸쳐 흔적을 남긴 빙하의 신비와 수백만 년 전의 화석에 대한 수수께끼를 형의 도움을 받아가며 배웠다. 아직 글을 읽을 수 없었던 이스마일은 가끔 동화책의 그림만 보았고, 빅토르는 소금 자루를 주고 황금을 바꾸던 팀북투(말리의 중부에 위치한 도시. 13세기부터 16세기까지 서아프리카 지방의 종교적·문화적·경제적 중심지 역할을 했다—옮긴이) 부족에 관한 이야기를 읽었다. 둘이 하나인 것 같은 단결력을 지니고 세상에 대항하며 성장하는 두 소년. 하지만 하나가 된다는 것이 실제로 무슨 의미가 있을까? 혹시 그런 보호가 상대에 대한 어느 정도의 과소평가를 내포하는 주종제도의 한 형태가 아닐까? 모든 것을 공유하는 것은 결국 다른 형태의 소유에 대한 욕망을 일깨우게 된다. 중국 매화처럼 팽팽하게 부풀어 오른 달이 하늘에 걸려 있는 밤, 이스마일은 어린이방의 진열장에 놓여 있는, 은도금한 문(門)들이 달린 볼고다행 기차를 보았다. 그때 그는 모든 것이 제자리에 있는 것이 아니라는 확신을 가졌다. 그 기차에는 살아 있는 무엇이 있었는데, 그것 역시 죄책감과 뒤섞여 있었다.

이제 이스마일이 헬레나를 통해 형에 대해 배우기 시

작한 것은 형이 의도적으로 동생에게 숨기려고 한 무엇이 아니라, 남녀 간의 성적인 친밀감을 통해서만 접근할수 있는, 또 다른 지식이었다. 이스마일이 쓰다듬는 형수의 등은 이스마일을 빅토르의 우주로 접근시켜주는 작은 우주였고, 사랑하는 그녀의 세포 하나하나는 그에게 죽음과 같은 쾌락을 일깨워주었다. 이스마일의 오르가즘 역시 달의 주기를 따르듯 진행되고 있었다.

처음으로 그녀의 꿈을 꾸었을 때 이스마일은 호흡이 몹시 거칠어지고 땀을 뻘뻘 흘린 채 잠에서 깨어났다. 그가 느낀 분노는 그녀를 처음 보았을 겪은 것과 비슷했다. 침실 안으로 들어오던 빛은 밖에서, 하얀 나무들에서, 도시에서, 저 멀리에서 오는 것뿐이었다. 꿈속에서 그녀는 몸속에서 빛을 발하는 듯 온몸이 투명했다. 끝이 잘린 피라미드처럼 층층이 높게 쌓여 있는 계단들이 있었고, 별들이 차갑게 느껴졌다. 이스마일은 손가락으로 그녀의 어깨뼈 부분까지, 처음에는 부드럽게 나중에는 조금 더 강하게 미끄러지듯 긁어 내려가 마침내 그녀의 살갗에 네 줄의 손톱자국을 남겼다. 호랑이의 발톱.

'이 어깨는 내 거야, 그 누구 것도 아니고, 오직 나만

이 소유하고 있는 것이야.'

이스마일은 그녀의 몸에서 흘러나오는 신선한 피에 목마른 짐승처럼 입술을 갖다 댔다. 누구든 '이래서는 안 된다'는 생각 때문에 사랑하는 사람에게서 떠날 수도 멀어질 수도 있고, 영원히 대답 하나를 기다릴 수도 있다. 하지만 누구든 자기 자신을 죽이지 않고서는 사랑을 포기할 수 없다.

두 사람은 애인으로서 공유할 시간이 많지 않을 때는 스스로의 몸을 희생 제물로 바치기라도 하듯, 서로를 무자비할 정도로 격렬하게 탐닉했다. 후회는 두 사람의 몸속에 들어 있는 모든 화학적 성분의 비등점을 유지시켜 주는 것으로 두 사람을 살아 있게, 깨어 있게 만드는 유동체였다. 그 화학적 성분은 두 사람의 심장 박동을 빠르게 했고, 맥박이 뛰게 하고, 눈이 빛나도록 특별한 광휘를 주는, 감지할 수 없지만 마시기 쉬운 독약이었다. 어느 날 헬레나는 이스마일의 방에서 그가 공책에 써놓은 시를 몰래 읽고 있었다. 그때 이스마일은 갑자기 그림자 없는 존재, 비밀스러운 존재, 흔적을 남기지 않은 인간으로 변해 아무 소리 없이 그녀에게 가까이 다가갔다. 시선이 교차했을 때 두 사람은, 무엇보다도, 상대방이 어떤 식으로 감정을 분출하는지 보려고 했다. 헬레나는 본능적으로 한 발짝 뒤로 물러서며 피하려고 했지만 아무 소용이 없었다. 하얀 벽을 등진 채 이스마일 앞에 서 있게 된 그녀는 그의 시선 앞에서 모든 진실을 밝힐 순간에 처해 있었다. 꿈이 아니었다. 그는 그녀의 입술을 손으로 쓰다듬은 뒤 그녀를 끌어당기고 고개를 숙여 입을 맞추었다. 그녀는 그의 축축하고 뜨거운 혀를 접하면서 머리에서 발끝까지 온몸이 변해버렸건만, 표정은 전혀 변하지 않았다. 현기증, 뱃속이 텅 비어 버린 것 같은 느낌⋯⋯. 두 사람은 아무런 거리낌도 없이, 단 한 마디 말도 없이, 서로에게 의지한 채 못이 박힌 듯 서서, 격정의 불꽃을 튀기며 서로의 입술을 깨물면서 다급하다는 것 이외에는 아무것도 생각하지 못한 채 그곳에 그대로 서 있었다. 두 사람은 불도 켜져 있지 않은 탑 내부 계단을 통해 거의 숨도 쉬지 않고 꼭대기까지 올라갔다. 맨 꼭대기 층 다락방 문 앞에 이르렀을 때 그녀의 셔츠 단추들이 거의 떨어져 나가 있었다. 다락방 문 열쇠를 자물쇠에 제대로 집어넣어 돌리기조차 힘든 상태였다.

둘은 한편으로는 두려워하면서도 다른 한편으로는 심각하게 여기지 않은 채, 열망을 공유하고, 자신들의 만남을 숙명이라고 생각하면서 서로를 쳐다보았다. 순식간에 닫힌 공간 속으로 들어갔다. 이스마일은 갈색 트렁크에서 천을 꺼내 바닥에 깔아 놓고 그 위에 드러누웠다. 이스마일이 그녀의 목덜미에서 머리를 묶어 놓은 리본을 풀자 머리카락이 주르르 어깨 위로 흘러졌다. 헬레나는 상체를 일으켜 한 꺼풀씩 벗겨지는 옷을 보려고 했지만, 머리카락 일부가 얼굴 한쪽을 가렸다. 그녀는 거치적거린다는 표정을 지으며 머리카락을 잡아 등 뒤로 넘겼다. 발뒤꿈치 부분이 약간 닳은 그녀의 울 타이즈, 나무바닥에 놓여 있는 그녀의 하얀 팬티, 그녀의 허벅지를 타고 올라가며 그녀의 불두덩에 남겨진 팬티 고무줄 자국을 쓰다듬고 있는 이스마일의 손. 욕망에 불타는 이스마일의 이마에 파란 핏줄이 'Y' 자를 거꾸로 써 놓은 것 같은 형태로 불거졌다. 그녀의 몸 위로 상체를 숙였을 때는 이스마일의 표정이 무거워지면서 나이가 더 들어 보이는 얼굴로 변해갔다. 그렇게 된 이유는 과거 삶의 모든 무게가 그의 얼굴에 실리게 되었고, 그 무게는 두 사람의 몸이 경련을 일으키면서 더욱 무거워졌는데, 두 사람 가운데 그 누구도 과거의 무게를 내려놓을 수 없었기 때문이었다. 이스마일은 자신의 성기가 절정의 추진력을 내고 있다는 사실을 느끼고 있었으나, 아직 사정을 하고 싶은 마음이 없었고, 정욕이 시들어버리기를 바라지도 않았다. 그는 혀로 헬레나의 눈썹을 핥았다. 처음에는 오른쪽 눈썹을, 곧이어 왼쪽 눈썹을. 헬레나의 질이 수축하기 시작했다. 이스마일은 사정을 하지 않기 위해, 추격당하는 공포를, 대학촌의 아스팔트를 코발트 빛으로 물들이던 회전하는 사이렌들을, 스웨터 소매를 통해 위로 올라가던 전기 충격의 고통을 필사적으로 떠올려 보았다. 뭔가 아주 중요한 행동을 했거나 그만두었다는 것에 대한 두려움, 크나큰 재난을 불러일으킬 수 있는 오류를 범했다는 두려움, 문을 두드리는 소리에 대한 두려움, 관용 편지용지에 쓰인 편지들, 법조항들, 전조등을 끈 채 앞으로 다가오는 검은색 차들에 대한 두려움, 사랑 때문에 유발되는 분별없는 참화와 고독에 대한 두려움, 사랑하는 여자를 파멸시킬지도 모른다는 두려움, 잠을 제대로 이루지 못하는 어느 밤에 고요를 깨뜨리는 폭발음에서 느낀 두려움, 몸속에서 동물처럼 웅크리고 있다가 뒤틀리면서 커지는 두려움. 하지만 사정을 필사적으로 억제하고 있는 사이에 그의 눈동자에 드러난 것은 두려움뿐만이 아니었다. 은밀한 사랑이 유발하는 폐쇄공포증도 있었다. 그는 자신들이 베개로 사용하고 있는 여성용 숄에 손바닥을 짚은 채 힘을 주어 몸을 지탱하고 있었다. 목덜미의 힘줄이 팽팽해지고, 쇄골이 날카롭게 불거졌으며, 어린 시절 어깨에 생긴 흉터가 선홍색으로 부풀어올랐다. 갑자기 그녀의 몸이 지진이라도 난듯 갑자기 위로 솟아올랐다. 그녀는 허벅지로 그의 엉덩이를 감싸고, 팔로 그의 목을 감아 매달렸다. 그녀의 콧구멍이 사르르 떨렸다. 그녀의 이마는 그가 질식할 것 같은 리듬으로 깊숙이 파고 들어가는 하복부의 흠뻑 젖은 털처럼 땀에 젖어 있었다. 그녀는 강렬하기 이를 데 없는 꿈속에서 길을 잃은 듯이 제대로 인식하지도 못한 상태였지만 기절하지 않기 위해, 쾌락의 마지막 단계를 놓쳐버리지 않기 위해 고통스럽게 숨을 헐떡거렸다. 그의 목에 얼굴을 파묻은 채 그의 이름을 계속해서 불렀다. 이스마일, 이스마일, 이스마일……. 무너진 갱도 안에서 전혀 달콤하지는 않은 유독가스에 중독되어가고, 각자 상대가 내뿜는 숨을 들이마시고, 이제 더 이상 지탱할 가능성이 없는 상태로 소멸해가면서 서로를 찾고 있는 광부들이 내뱉는 목소리였다. 헬레나는 입을 벌렸다. 진하고 뜨거운 정액이 갑자기 분출되어 자기 몸속으로 쇄도했다고 느꼈을 때, 헬레나는 남자가 마지막으로 격렬하게 몸을 떨면서 쏟아낸 그 액체성 물질에 온몸이 녹아버린 것 같았다. 내장이 찢어지는 것 같은 느낌에서 나오는 비명을 잠재우기 위해 손에 거친 천 조각을 움켜쥐어 이로 악물었다.

"아아, 죽을 것 같아."

이스마일은 온몸을 바치느라 기진맥진해진 목소리로 헬레나의 귀에 대고 이렇게 말했다. 하지만 이번에는 '죽는다'는 단어가 오르가즘의 절정에 이르렀을 때를 지칭하는 알바니아식 표현이었을 뿐만 아니라, 아마도 이스마일이 자기 존재의 가장 고백하기 어려운 내면을 표현하는 문장이었을 것이다.

17

　어린 시절에 이스마일은 카펫에 배를 깔고 누워 한나가 현관에서 바느질하면서 들려주는 이야기를 조바심을 내면서 듣거나 기나긴 오후 동안 꾸벅꾸벅 졸면서 들었다. 한나는 실을 위쪽으로 팽팽하게 끌어당겨 빼는 것과 같은 식으로 단어들을 줄줄이 풀어냈고, 그 사이 바늘에 꿰어 있던 가는 실은 그녀의 손가락 사이에서 반짝거렸다. 그녀는 작은 양철상자에 와이셔츠에 다는 하얀 단추를 보관해 놓고 있었다. 그녀가 상자를 흔들어댈 때마다 상자 속에 든 단추들이 젖니처럼 딸가닥거리는 소리를 냈다. 당시 강한 팔에 젖가슴이 크고 피부가 갈색이었던 그 헝가리 출신 유모는 가끔씩 다음과 같은 시골

속담들을 인용해가며 스스로를 표현했다. "눈이 많이 오는 해는 식용유가 풍부하단다", "윤년에는 굶주리거나 역병이 돈단다", "5월에 내리는 비는 그 해의 식량에 이롭단다"……. 이스마일이 알고 있던 모든 목소리 가운데서도 유독 한나의 목소리만이, 요람에서부터 들어왔기 때문에, 그 어떤 기억보다도 먼저 존재하는 그의 영혼과 대화를 나눴다. 밤이면 그녀가 집 안에서 흥얼거리는 소리를 듣기만 해도 잠든 이스마일을 불쾌하게 깨우던 다른 소리들은 희미해져버렸다. 그 소리들은 바로 쌩쌩 부는 바람소리, 집 옆에 멈춰서는 자동차 엔진 소리, 위층 나무바닥을 삐걱거리며 걷는 아버지의 발걸음 소리, 석탄장수들이 어깨에 자루를 짊어진 채 껌정을 잔뜩 묻힌 얼굴로 눈이 불룩 튀어나온 유령처럼 사이프러스 나무 사이를 걸어 나오는 소리였다. 이스마일은 자주 빵 냄새, 화덕 냄새가 나던 한나의 넓은 치마폭으로 숨어들었다.

이제 유모는 자기 자신의 몸속으로 오그라든 것처럼 보였다. 비록 팔에 과거의 힘센 흔적이 남아 있었다고는 해도 그녀는 등이 굽어 있고, 입은 새의 부리처럼 함몰

되어 있었다. 그녀는 여전히 검은색 옷을 입고 있었으나 어깨에는 고향의 관습에 따라 눈에 띄는 화려한 색채의 집시풍 숄을 두르고 있었다. 방문객을 맞이하려고 나름대로 맵시를 부린 것이었다. 이스마일은 오른팔로 그녀의 어깨를 감쌌다. 그녀가 부서질까 두렵다는 듯이 살며시, 부드럽게 끌어당겼다.

한나의 가족은 카르파티아 산맥(슬로바키아, 폴란드, 헝가리, 루마니아 등 여러 나라에 걸쳐 뻗어 있는 산맥—옮긴이)의 어느 작은 마을에 살았다. 할아버지는 주로 농사일을 하면서 가죽과 천을 물들이는 염료도 생산하여 작은 재산을 일구었다. 거대한 통에 염료를 넣고 끓였는데, 그 통 안에는 혼합물이 지독하리만치 시큼한 냄새를 풍기며 감청색 혹은 빨간색의 진한 용액으로 농축되어 있었다. 제조한 염료를 차에 싣고 마르타 산의 비탈길을 통해 부다페스트까지 갔다. 하지만 한나는 염료장이가 될 팔자가 아니었는지, 염료를 다루면 눈이 충혈되고, 손이 얼얼했다. 어느 날, 한나는 서른이 넘은 나이에 옷가지 몇 개를 챙겨 다뉴브의 조상 땅을 떠나기로 결심했다. 그녀는 이민자들이 다니던 다뉴브 강 지류를 따라 걸었다. 그녀가 라드지크 가문의 저택에 도착했을 때는 이미 프라하와 브라티슬라바(슬로바키아 공화국의 수도—옮긴이)의 최고급 호텔 여러 곳에서 몇 년 동안 근무한 적이 있는 요리 전문가가 되어 있었다. 이스마일은 한나가 자두를 가득 넣고 뜨거운 맥주를 뿌린 굴라쉬, 참깨와 계피를 넣은 케이크를 만드는 것을 곁에서 구경하는 걸 유독 좋아했다. 한나의 머리는 얘깃거리로 가득 차 있는 가방 같았다. 한나는 그 집에서 구체적인 임무를 부여받지 않았지만, 그녀의 존재는 대들보처럼 그 빌라의 기반을 이루고 있었다. 무엇보다도 아이들이 태어난 뒤부터는 더욱더 그랬다. 아마도 그 집에 그 사건이 일어나지만 않았더라면 그녀는 죽은 날까지 빌라의 일원으로 남았을 것이다.

하지만 항상 무슨 일이든 발생하는 법이다. 모든 것이 바뀌는 순간이 존재한다. 평탄하고 예측이 가능해 보이는 삶은 급격한 굴곡을 경험하고, 세계는 변한다. 큰 사건도 처음부터 크게 일어나는 것이 아니라 불씨 하나가 큰 화재를 일으키듯, 작은 일, 사소하고 무의미한 것이 커져버리는 법이다.

"시간이 모든 걸 가져오고 가져가는 거란다." 한나가

체념한 듯한 목소리로 말했다. "체리처럼 매 순간마다 성숙의 시기가 오는 법이거든. 어느 날, 기오르크 박사는 네 어머니가 문턱에 떨어뜨려 놓은 손수건을 집으려고 허리를 굽혔단다. 두꺼운 네이비블루 외투를 입은 채 영화배우처럼 허리를 굽혔다가 세우는 모습이 지금 여기서 보고 있는 것처럼 생생하게 기억나는구나. 그해 봄 어느 날, 기오르크 박사는 라디오에서 흘러나오는 발랄라이카(러시아의 기타와 비슷한 삼각형 현악기—옮긴이) 음악에 맞춰 복도를 따라 가며 춤 스텝을 밟기 시작하더니 '그 여자'의 허리를 감으면서 '그 여자'를 황금빛 소용돌이 (정신을 차릴 수 없을 정도로 멋진 경험, 또는 의식 상태를 의미한다—옮긴이) 속으로 집어넣어 버렸지. 두 사람은 리듬에 그다지 신경 쓰지 않고, 젊은이 특유의 자연스런 매력을 발산하며 즉흥적인 스텝을 밟아가면서 온 복도를 돌아다녔단다. 하나, 둘, 셋⋯⋯, 하나, 둘, 셋⋯⋯. 멋진 한 쌍이었지. 자눔은 안락의자에 앉아 두 사람이 춤추는 모습을 주시하면서 관대한 미소를 머금고 있었지만, 어금니를 힘주어 물기라도 한 것처럼 아래턱을 꽉 다물고 있었어. 나는 알 수 있었단다. 아치형 유리창을 통해 햇빛이 들어왔지. 네 어머니는 고개를 약간 뒤로 젖힌 채 해맑게 웃고 있었단다. 마치 손을 잡고 공중으로 들어올려 빙빙 돌릴 때 아이들이 그러하듯이 환하게 웃었어. 너하고 빅토르도 어른들이 그렇게 해주는 걸 무척 좋아했단다. 너희는 그걸 '비행기 탄다'고 불렀는데, 기억나니? 네 어머니는 가끔 복도 한쪽 끝에서 다른 쪽 끝까지 팔짝 팔짝 자유롭게 뛰어다니면서 소녀처럼 행동했어……. 그렇듯 일이란 건 되돌릴 수 없을 정도로 심각해질 때까지 누구도 감지하지 못한 채 차츰차츰 벌어지는 법이란다……."

한나의 시선은 축축하게 젖어 있었다. 자신이 과거에 내린 가혹한 판단과 견해를 감내하고 있다는 듯이, 포기한 것 같은 태도를 취하며 자기 내부로 침잠해버린 것처럼 보였고, 가벼운 동정심마저 드러내고 있었다. 그런 태도는 오랜 세월을 산 사람들, 자신들이 받아들일 수 있는 것보다 더 많은 사물을 이해할 수 있는 사람들이 드러낼 수밖에 없는 것이었다. "아들아, 강렬한 감정은 미친 짓과 같은 거란다." 한나는 무릎 위로 손을 교차한 채 선고하듯 덧붙였다. "그 느낌은 심장에서 피를 압박하고, 지속되는 동안 불행을 퍼뜨린단다. 하지만 그건 피할 수 있는 일이었어. 우리 늙은이들이 젊은이들한테 이런 걸 가르쳐줘야 하련만, 늙은이 말은 들으려고도 하지 않는데 어느 누가 배우려고 하겠니? 삶이 그런 것으로 이루어진다고 해도 자기의 열망에 반하는 건 들으려고도, 알려고도 하지 않잖아. 사랑은 자신의 실패에 관한 것이 아니면 뭐든지 나 몰라라 하고, 완고하고, 남의 말을 듣지 않고, 성마르기도 하지. 내 말을 믿어라. 사랑에 빠진 사람은 모두 상상의 세계에 살고 있단다……. 네가 여든 살 정도 되면 내가 하는 말뜻이 무엇인지 이해하게 될 거다." 한나는 눈길을 들어 이스마일을 쳐다보았다. 이스마일은 여전히 창을 등진 채 창틀 밑의 불룩 튀어 나온 돌 부위에 엉덩이를 걸치고 앉아 있었다. 한나는 이스마일에게서 무언의 동의를 구하려는 것이 아니라 자신의 말이 어떤 효과를 주고 있는지 확인해보고 싶어서 그렇게 쳐다보고 있는 것 같았다. 세월이 많이 흘렀지만, 한나는 여전히 아주 예리한 관찰력으로 사람의 표정을 읽어낼 수 있었다. "하지만 모든 사람은, 비록 알고 싶어하지 않는다 해도, 은연중 알게 된단다." 한나가 말을 이었다. "사람들은 어느 순간에 상황이 바뀌고, 언제 뒤틀어져버리는지 알지. 누가 자신을 죽을 때까지 지켜줄지도 알고, 가끔은 그 이상도 안단다. 누가 자기를 배신할 것인지도 알아. 그런데 어떤 것이 진정한 배신일까? 우리가 원하는 무엇을 누군가도 원할 때, 혹은 타인이 원하는 그걸 억눌러 버리고 싶은 나머지 자신 안에, 마음과 의지 속에 적대감을 키우게 될 때 배신을 하게 될까? 너는 그걸 아니? 그걸 아는 사람은 과연 누구일까? 비록 기오르크 박사가 자눔보다 훨씬 더 젊었다고 해도, 두 사람은 레지스탕스(제2차 세계 대전 중 나치스 점령지에서 발생한 저항운동—옮긴이)에서 함께 싸운 동지였단다. 알바니아 사람들 말로 '피를 나눈 친구'였지. 한번은 기오르크 박사가 코르처 시(알바니아의 남동부에 있는 코르처 주의 주도—옮긴이) 근처에서 자눔의 목숨을 구해줬지. 독일군이 매복 공격을 할 때였어. 너도 아마 그 얘길 들었을 게다. 자눔 사령관이 부대의 선두에 있었는데, 개구리와 모기로 가득 찬 그 늪지에서 일주일 동안 포위당한 상태였단다. 그들이 덩굴나무 사이를 뚫고 앞으로 나아가고 있을 때 비행기 그림자 하나가 그들 위로 지나가면

214

서 덤불에 폭탄을 투하해 다섯 명이 죽어버렸지. 기오르크 박사는 다리 하나가 떨어져 나갈 정도로 심한 부상을 입었는데도 어깨에 자눔을 짊어지고 그곳을 빠져나왔단다." 이스마일은 그 얘기를 아버지에게서 수백 번 들었기 때문에 잘 알고 있었다. 그 사실을 한나에게 알려주려고 고개를 끄덕였다. "하지만 전쟁에서는 배신이 없단다." 노파가 이야기를 계속했다. "설령 있다고 해도, 평화로운 시절의 배신과는 전혀 비교할 수 없지." 한나는 또 입을 닫았다. 한나는 그런 말을 할까 말까 망설이기라도 하듯이, 자신의 말을 조절해가고 있었다. 한나가 다시 말을 시작하기로 작정했을 때, 그녀의 목소리에는 불안스런 조바심이 배어 있었다. "기오르크 박사는 활기 있고 열성적인 사람이었지. 자신의 활력과 즐거움을 다른 사람한테도 옮길 정도로. 여자들은 잘 웃기면서도, 열정적인 편지를 보내고, 여자를 치켜세우고, 환심을 사려고 하는 그런 남자를 좋아하잖아." 한나의 눈길은 그리움 때문인지 부드러워졌다. 나이를 아주 많이 먹은 사람들이 자신의 젊은 시절을 떠올릴 때처럼. 그녀의 젊은 시절은 아마도 격동적이고, 갑작스런 변화도 많고, 체념과 오류투성이였을 것이다……. 누가 알겠는가? 누구든 삶의 마지막에는 너무나도 많은 추억을 갖게 된다. 하지만 한나가 옛 시절을 회상하느라 멍해져 있던 상태는 겨우 몇 초밖에 되지 않을 정도로 짧았다. 곧바로 한나는 기오르크 박사를 이야기하기 시작했다. "기오르크 박사는 여행을 떠나고 되돌아오기를 반복했는데, 언제 돌아올지는 아무도 몰랐단다. 홀연 사라졌다가도 모든 사람을 위한 선물을 짊어진 마법사처럼 나타났거든. 네가 태어나기 전인데, 기오르크 박사는 큰 인형 속에 작은 인형들이 켜켜이 들어 있는 러시아제 인형을 네 어머니한테 가져왔단다. '그 여자'는 말년에 그 인형들을 늘 열어봤지. 지금 생각해보니 자기 안에서 찾지 못하던 것을 그 인형 안에서 찾고 있었던 게야." 한나가 다시 말을 멈추었다. 자신이 대화의 주제로부터 다시 멀어지고 있다는 사실을 갑자기 깨닫기라도 한 것 같았다. "아이 참. 미안하다, 아들아. 이제 알겠다. 내가 헛소리를 했구나. 세월이 모질어서 머리에 수많은 추억이 떠오르는 바람에 이야기의 맥이 끊겨버렸어. 지난주에 튤립 화분에 물을 주고 있다가 갑자기 현기증이 일어서 깜짝 놀랐단다.

216

기절할 정도는 아니었지만 몇 분 동안 머릿속이 온통 하얗게 변해버렸어. 그 몇 분이 영원히 지속될 것 같더구나. 아무것도 보지 못하고, 아무것도 기억하지 못하고, 나 자신이 어디에 있는지도 모르고 있었지. 정말 놀랐어. 죽음을 두려워해서가 아니야. 너도 이해할 수 있다시피 여자가 나 정도 나이를 먹으면 그런 생각을 하면서 살게 된단다. 진정 두려운 건 기억을 잃어버리는 것, 내가 지금까지 살아오면서 했던 단 한 가지 약속조차 이루지 못하고 죽는 거야. 그래서 너더러 이리 오라고 했던 것이고."

이스마일은 여전히 입을 떼지 않았다. 얼굴 근육을 한 번 씰룩이지 않고, 눈동자를 고정시킨 채 말 없이 듣고만 있었다. 이스마일의 마음 깊은 곳에는, 마치 한나의 이야기가 어디까지 이를 것인가를 직감했거나 어렴풋이 보았다는 듯이, 한 점 두려움이 있었다.

유모가 대화의 핵심에 곧장 도달하기 위해 단도직입적으로 이야기해야겠다고 결심한 것은 바로 그때였다. 한나는 한숨을 길게 내쉬며 추진력 있게 이야기를 시작했다. 하지만 꾀바르게 했다. 한나의 안색이 어두워져 있었던 것이다. 얼굴은 마른 목재처럼 윤기가 없어져버렸고, 두 눈은 반짝 반짝 빛나는 두 개의 작은 점이 되어 있었다.

"너도 다 알게 되겠지만, 네 어머니와 기오르크 박사의 관계는 아주 오래전부터 이루어져 왔단다. 나는 네 어머니의 비밀을 아는 사람으로, 심지어는 공범이 되고 말았지. 사실 네 어머니의 열정에 굴복하지 않는다는 게 어려웠단다. 나는 네 어머니의 외도를 막으려고 여러 번 시도했고, 네 어머니더러 현명하게 처신하라고 충고했지만, 아무 소용이 없었단다. 두 사람은 현실 위에 있었어. 은총을 받고 있는 상태랄까. 비록 어느 정도는 조심을 했다 해도, 확실한 건 두 사람이 사랑 때문에 현실 감각을 상실하고 있었다는 거야. 여자가 한 남자를 사랑하게 될 때 원하는 게 뭔 줄 아니? 여자가 남자를 좋아한다거나, 단순하게 호감을 갖는다거나 친밀감과 고마움 같은 것을 느끼는 때가 아니라, 세상 그 무엇보다 더, 진정으로 사랑할 때 말이야." 이스마일은 고개를 살짝 가로저어 모른다고 했다. "한 남자를 그런 식으로 사랑하게 될 때 여자가 원하는 건 그 남자의 아이를 갖는 것이란다." 한나가 말을 이었다. "이건 심사숙고한 뒤에 선택하게 되는 것이 아니라 절실함 때문에 이루어지는 것이란다. 이렇게 불러도 좋다면 일종의 난심(亂心)이고, 광증이지. 네 어머니는 그 정도 수준까지 사랑에 빠져버렸어. 그 사랑을 자기 안에 영원히 간직하고 싶었던 거야. 네 어머니는 더 이상 생각하지 않았어. 결과도 따져보지 않았어. 사탕을 만들 때 효모를 얼마나 넣어야 할지 가늠하지 못하면 무슨 일이 벌어지는지 아니? 사탕 반죽이 산처럼 부풀어 올라 금방이라도 파열할 정도에 이르면 틀 밖으로 넘쳐버리지. 사람도 열정이 부풀어 오르면 심장에서 똑같은 현상이 일어나는 법이란다. 넘쳐버린다니까." 한나의 목이 약간 잠겼다. 다시 입을 열었을 때 한나의 목소리는 곧 끊어질 실처럼 가느다랗게 들렸다. "그 가을 끝 무렵에." 한나가 낮은 목소리로 덧붙였다. "네가 태어났단다."

한나가 다시 입을 다물었다. 그리고 살아오면서 너무 많은 것을, 보고 싶었던 것 이상을 본 것이 틀림없는 두 눈으로 이스마일을 관찰했다. 작고 촉촉한 눈이 이제는 눈물의 장막으로 흐릿해져 있었다. 한나는 잠시 아무 말 없이, 지친 상태로, 맞잡은 두 손을 치마 입은 무릎 위에 뿌리를 박은 듯 고정시킨 채 이스마일을 쳐다보았다.

"자눔은 아무것도 모르고 있었어. 적어도 그 순간에는 말이야." 가장 어려운 문제를 말해버린 한나는 더욱 자신 있는 목소리로 말을 계속했다.

"네 어머니는 여전히, 그 전보다도 더, 네 아버지를 다정다감하고 세심하게 대했어. 너는, 네 어머니가 뱃속에 다른 남자의 아이를 가진 상태에서 어떻게 남편한테 겉으로는 다정하게 행동할 수 있었는지 자문해보겠지. 네가 보기에는 터무니없는 일일 것 같지만, 사람 일이란 게 그리 단순하지 않단다, 아들아. 네 어머니가 남편을 사랑하는 척하기 위해 애를 써야 했다고 믿지는 말거라. 실제로 네 어머니는 남편을 사랑했고, 동정심마저 조금은 느끼고 있었단다. 가끔은 약간 부담스럽게 느껴지는 아버지나 큰오빠처럼 사랑했지. 결혼한 여자가 외간 남자의 아이를 임신하고도 남편의 의심을 전혀 받지 않은 경우가 얼마나 많은지 알게 된다면 넌 깜짝 놀랄 거다. 이런 일은 항상 있어 왔고, 여전히 일어나고 있단다. 그래, 네 어머니가 남편한테 친절하고 다정하게 구는 건 어렵지 않았어. 적어도 초기에는 말이야. 나중에 일이 복잡해져버렸어. 네 어머니가 아내로서 의무를 다하는 데 실제로 어려웠던 곳은 침대였지. 자눔이 의심을 품기 시작한 것은 바로 그때였어. 하지만 때는 이미 너무 늦었단다. 사람은 너무 늦었을 때야 비로소 깨닫게 되잖아……." 마지막으로 과거를 회고하는 동안, 더욱더 작아지고 더욱더 흐릿해진 노파의 눈은 허공을 응시하고 있었다.

이스마일은 아무 말도 하지 않았다. 그의 침묵에는 불신 대신에 즉흥적이고 솔직한 놀라움만 들어 있었다. 이스마일은 자리에서 일어나 방향을 살짝 잘못 잡은 것처럼 불안정하게 몇 걸음을 뗐다. 그러더니 방에서 나와 집 뒷문으로 향했다. 돌계단에 앉아 담배 한 개비에 불을 붙인 뒤 성냥을 멀리 내던져 버리고, 담배 연기 한 모금을 깊이 들이마셨다.

한나는 밖으로 나가는 이스마일을 붙잡지 않았다. 마음의 상처를 깊이 받았을 때는, 너무 놀란 상태에서는 다른 사람에게 속내를 털어 놓고 마음을 공유하기 전에 스스로 마음을 정리하기 위해 혼자 있을 시간이 필요하다. 한나 또한 한기를 느끼기라도 한 것처럼 화려한 색채의 집시풍 숄을 두른 채 어두운 표정으로 침묵에 잠겼다.

18

  지붕 위로는 유황빛이 감도는 창백한 하늘이 펼쳐져 있고, 북서쪽으로는 느드록 마을을 둘러싸고 있는 언덕과 깎아지를 듯 가파른 바위산 사이로 온통 검은 빛을 풍기는 진한 먹구름이 뒤덮고 있었다. 가끔 바위산에 번갯불이 번쩍거리고 뒤이어 천둥소리가 멀리서 벌어지는 전투의 메아리처럼 들려왔다. 한나는 자리에서 일어나다가 관절이 뻑뻑하다는 느낌을 받았다. 오전 새참 때였지만, 밖은 해 질 무렵처럼 어두웠다. 불을 밝히고 창문을 닫아걸었다. 잠시 뒤, 다른 것들보다 더 가까이 떨어진 번갯불이 정전을 일으켰고, 거센 비가 쏟아지기 시작했다. 이스마일은 부엌으로 들어가 젖은 머리를 털었다. 촛불을 켜 놓은 한나가 발 사이에 주둥이를 들이민 개와 대화를 나누고 있었다.

"이 개는 나이 들어갈수록 폭풍우를 무서워한단다."

노파가 개의 머리를 쓰다듬으며 말했다.

이스마일이 식탁으로 다가가 의자를 잡아당기고 앉았다. 두 사람은 말없이 유리창이 덜커덩거리는 소리, 마당 흙 위에 수직으로 내리꽂히는 굵은 빗방울 소리, 폭풍우에 목재가 삐걱거리는 소리를 들었다.

"너 어렸을 때, 천둥이 어디서 오는지 나한테 물었던 거 기억하니?"

"네."

이스마일이 말했다.

이스마일이 눈을 감았다. 자신은 빌라의 어느 방에서 터키 카펫에 배를 깔고 누워 있고, 한나는 코카서스 북부에서 발생해 흑해 위에 이르러서는 은색의 창 같은 번갯불을 토해내는 음산한 구름을 한가운데에 신고 거세게 소용돌이치는 태풍 '베샤바르'에 대한 전설을 들려주고 있는 모습을 다시금 떠올리고 있는 것 같았다. 어린 시절 이스마일은 어린아이 특유의 기대감에 부풀어 유모의 이야기를 들으며 자신이 어느 배를 타고 있는 모습을 꿈꾸곤 했다. 갑자기 그 으스스하고 아스라한 느낌이 고스란히 뇌리에 떠올랐다. 한나의 집은 삼목으로 만들어 역청으로 이음매를 메우고, 린넨 돛을 단 채 흑해를 가로지르던 옛 갤리선처럼 흔들거리는, 한 척의 배로 변해 있었다. 잠시 후 폭풍우가 밀려가자 이스마일은 전기 퓨즈를 갈아 끼웠다. 이제 전깃불이 두 사람이 함께 있던 작은 공간을 비추게 되었다.

　"아들아, 더 이상 너 자신을 괴롭히지 말거라."

　한나는 자신의 고백 때문에 여전히 혼란에 빠져 있는 이스마일의 안색을 살펴보며 큰 소리로 말했다. 한나는 이스마일에게 동정심을 느꼈으나 그 누구도 자기에게 주어진 특별한 사안을 무시하면서 살아갈 수는 없다고 생각했다. 그 이유는 그 특별한 사안에는 사람이 각자 머무르는 자리, 즉 자신은 어디에서 왔으며, 과연 누구인지 이해하는 데 필요한 지식이 들어 있기 때문이었다. 적어도 헝가리 농부의 딸이자 손녀였던 한나에게만은 그랬다. 한나는, 천한 사람은 숨기는 게 없는데 명문가들은 많다고 혼잣말을 했다. 하지만, 그럼에도 그동안 이스마일에게 어떤 경로로든 그 소문이 도달하지 않았다는 사실을 한나는 특이하게 생각했다. 알바니아 사람들은 남 말하기를 아주 좋아한다는 것을 익히 알고 있었기 때문이다.

"만약 네가 그걸 잘 생각해본다면, 우리 모두는 우연의 자식들이란 사실을 알게 될 거다." 한나는 이스마일의 마음을 안정시켜주려고 말을 계속했다. "결국 아버지와 어머니란 존재는 어느 한 순간 자식들에게 생명을 부여하는 데 사용된 단순한 도구에 불과하단다. 날 보렴. 나는 자식을 가져본 적이 없지만, 네가 알다시피…… 너희 형제를 자식으로 여겼고, 너희 가족은 내 가족이나 마찬가지였어. 그리고 오랜 세월 전 내 삶에도 역시 우연이 작용했고, 현재도 여전히 작용하고 있단다……."

"그게 무슨 말이에요?"

"아무것도 아니야. 아무것도 아니란다. 내가 대체 무슨 말을 하는 건지 이제 나 자신도 잘 모르겠구나." 이렇게 말한 한나는, 양심에 경고를 받고, 그 문제에 대해 더이상 얘기하는 것이 혹은 얘기할 때도 아닌데 미리 얘기하는 것이 갑자기 두려워졌다는 듯이 잠시 말을 멈추었다. "잠시 기다리렴." 한나는 자리에서 일어나면서 알쏭달쏭하게 덧붙였다. "너한테 보여줄 것이 있다."

한나는 율동감 있는 걸음걸이로 거실 한쪽에 있는 장롱을 향해 걸어갔다. 이스마일은 선반에 놓여 있는 텔레비전에 시선을 고정했다. 코바늘뜨기를 해서 만든 하얀 보로 덮여 있는 텔레비전은 제단 같은 인상을 풍겼다. 기다란 융단 위에는 구운석고로 만든 사슴 한 마리가 놓여 있었다. 집 안에서는 가난한 집 특유의 나프탈렌과 라벤더 냄새가 뒤섞인 냄새가 풍겼다. 한나는 장롱 서랍에서 양철상자를 꺼내 손에 들고 돌아왔다. 금박을 입힌 사각형 상자로, 뚜껑에는 과일나무가 그려져 있었는데, 마르멜로 사탕을 넣어 둔 것처럼 보였다. 한나는 상자 속에 든 누런 서류들과 기념품들을 뒤적거리더니 마침내 찾고 있던 사진을 꺼냈다.

"사람들 좀 봐라, 다들 여기 있구나."

한나가 사진이 들린 손을 살짝 떨면서 말했다.

이스마일은 그 흑백사진의 중앙에 있던 사람들에게 시선을 옮겼다. 이스마일은 자기 어머니의 얼굴을 즉시 알아보았다. 넓은 광대뼈, 머리 왼쪽 앞부분의 가르마가 시작되는 곳에 있는 가마, 윤곽이 또렷한 타원형 턱. 그런데 어머니의 표정에서는 이스마일이 기억하고 있는 온화하고 상냥한 이미지와는 다른, 뭔가 파악하기 곤란하고 심각한 분위기가 풍겼다. 시간이 흐르면서 차츰차츰 본래 모습을 잃고 결국은 과거의 이름 없는 얼굴로 변해버리는 낯선 사람들의 얼굴, 즉 일종의 유약처리를 해 밀봉한 얼굴 같았다. 어머니 곁에 서 있는 키가 크고 짙은 눈썹이 두드러져 보이는 남자가 이스마일의 눈에 들어왔다. 하지만 이스마일은 사진 속의 그 진지하고 데 퉁스러운 젊은이의 모습을 신비로운 인물이었던 기오르크 박사에 대한 유년 시절의 기억과 일치시키지 못했다. 사실 이스마일은 그때까지 기오르크 박사의 젊은 시절 사진을 단 한 장도 본 적이 없었다. 사진 속의 그들 뒤로는 연단이 보이고, 연단 위에는 공산당 깃발이 휘날리고 있었다. 이스마일은 그들이 어느 공식 행사나 집회에 참석했을 것이라고 생각했다. 뒤에는 관중석에 모여 있는 군중의 모습이 희미하게 보였다. 두 사람은 정장 차림이었다. 어머니는 어깨에 패드를 댄 밝은색 드레스를 입고 있었고, 기오르크 박사는 줄무늬 검은색 정장을 입고 있었는데, 새하얀 와이셔츠의 소맷부리가 상의 소매 밖으로 드러나 있었다. 기오르크 박사의 손목을 둘러싸고 있는 시곗줄을 발견한 순간, 이스마일은 기억의 맨아래층에 묻혀 있던 무엇인가가 갑자기 떠오르는 것을 느꼈다. 언젠가 어둠 속에서 바늘과 숫자 몇 개가 발산하는 강력한 섬광을 본 적이 있다는 생각이 들었던 것이다. 그 푸른빛은 그 어떤 빛과도 달랐는데, 이스마일은 그 순간까지 그와 똑같은 빛을 결코 본 적이 없었다. 꼬리가 열두 시 주위를 감싸고 있는, 형광색 그림이 새겨진 둥그런 시계의 윤곽이, 유황색 번개불빛에 드러나듯, 이스마일 앞에 완벽할 정도로 선명하게 드러났다. 가장 아련한 추억들이 웅크리고 있는 깊숙한 공간이 있는데, 그 추억들이 예기치 않게 그곳에서 튀어나올 때면 생각 속에 들어 있는 어느 도시에 갑자기 불이 켜지는 것처럼, 뇌리에 단락(短絡) 현상이 생긴다. 이스마일은 기오르크 박사의 얼굴을 다시 쳐다보면서 자신의 느낌을 수정하려 시도하고, 아주 젊은 그 남자를 아버지로 생각해 보려고 애썼지만, 소용이 없었다. 사진 아래쪽으로 이동하던 이스마일의 시선은 번쩍번쩍 윤이 나는 검은색 끈

구두에 머물렀다. 친구 블라디미르에게서 들은 얘기가 무심결에 떠올랐다. "아버지는 다른 두 사람과 함께 담요 한 장에 둘둘 말린 채 매장되셨어. 우린 구두를 보고 아버지를 알아볼 수 있었어. 구두가 가장 늦게 썩거든." 그 남자가 신은, 질 좋은 가죽으로 만든 멋진 구두는 구두코가 아주 뾰족해서 마치 은퇴한 발레리노의 구두처럼 보였다. 이스마일은 스냅사진을 관찰하는 동안 그 남자의 얼굴을 세밀하게 조사하고, 그 밖의 세세한 점들을 탐색하면서 그 남자의 표정에서 뭔가를 찾아내려고 애썼다. 이스마일이 찾고자 했던 것은 아마도 그 남자의 의구심과 두려움 혹은 떳떳치 못한 사랑으로 인한 고뇌였을 것이나, 그가 본 것에는 자부심과 욕정도, 좁은 복도에서 성급하게 시도해버린 포옹도, 몇 번의 밤에 주저하면서 행한 애무도, 어둠 속의 격한 호흡도 포함되어 있었을 것이다. 그리고 이스마일은, 자신의 삶이 실제로는 전혀 자기 것이 아니었다는 듯이 숙명론자 같은 생각을 해보고 스스로 깜짝 놀랐다. 어떤 식으로는, 헬레나와 이스마일 자신 사이에 일어난 일도 자기를 세상에 태어나게 해준 사람들의 사랑과 고통으로 인해 미리 정해져 있었을 거라는 생각이 들었다. 이스마일 자신의 각진 얼굴, 숱 많은 곱슬머리 같은 신체적 특징뿐만 아니라 금지된 사랑의 저주를 받고, 그 사랑을 고양시키고, 그 사랑으로 인해 초조함을 느끼는 것도 상속받은 것 같았다. 사실 하나의 사물은, 거울에 비추어 본 자기 모습처럼, 다른 것과 유사하다. 이스마일은 아마도 자신이 어느 날 밤에 충동적인 인간으로, 물불을 가리지 않는 미치광이로 변하는 운명을 타고 태어난 것 같았다. 그런 남자는 사랑하는 여자를 파멸시키고 자신뿐만 아니라 타인까지 파괴하게 되더라도, 격정적인 사랑에 빠질 수 있다.

"유모, 혹시 불행의 인자도 유전된다고 믿어요?"

이스마일이 한나에게 물었다.

"아니, 난 그런 건 믿지 않는다, 아들아." 노파는 확신에 찬 어조로 대답했지만, 이렇게 말하는 사이에 집시들의 액막이 방식에 따라, 경계하는 태도로 양손의 검지와 새끼손가락을 함께 모았는데, 이스마일은 미처 이런 행동을 눈치 채지 못했다.

"누구든 자신의 행복과 불행에 똑같은 책임이 있단다.

우연의 중요성을 그 누구도 부인할 수 없다는 것은 사실이지만, 잘 생각해보면 불행은 우리 자신이 열어 놓은 문을 통해 늘 우리 삶에 들어온다는 사실을 깨닫게 될 거다."

"하지만 사람들은 자신한테 일어나는 걸 거부할 수도 있고, 스스로를 구원하려고 시도할 수도 있잖아요. 그건 자연스럽고, 인간적이고요." 이스마일은 돌이킬 수 없는 과거에 대항할 수 있다는 듯 대꾸했다. "어떻게 '그 여자'가 자신의 운명을 그토록 온순하게 받아들일 수 있었을까요?"

"그걸 어떻게 거부할 수 있었겠니? '그 여자'가 자신이 소문의 대상으로 변하기 시작했다는 사실을 이미 인지하고 있었다면 말이야. 그리고 넌 사회적으로 매장된다는 게 뭘 의미하는지 알고 있잖아. '그 여자'에 대해 그런 식의 얘기들이 나온 순간부터 '그 여자'는 다른 사람으로 변해버리고 말았어. 결코 그렇게 변해서는 안 됐는데 말이야. '그 여자'의 삶은 거의 고갈되어버렸어. 정치에도 영향을 미치는 얘기들까지 나돌았다니까. 국무부의 모 인사가 기오르크 박사에 대한 정보를 요구했어.

그 정보가 제공된 뒤부터 빠져나갈 방법이 없었지. 엔베르 호자까지도 알고 있었거든. 그런 비난들이 타당했는지 그렇지 않았는지는 잘 모르겠지만, 어떤 경우든 그런 건 중요하지 않았단다. 두 사람은 이미 목줄이 채워지고, 죽음의 위협에 팔목이 잡힌 상태였으니까. 자눔이 네 어머니를 설득했지. 그렇게 해서 문제를 해결하고, 정치적인 재판을 피할 수 있게 됐는데, 그것이 모두를 위해 가장 좋은 방법이라는 사실을 '그 여자'가 믿도록 애썼어. 사실 '그 여자'는 정치적인 재판을 받는 걸 그 어떤 것보다도 두려워했어. 그래서 '그 여자'는 매일 밤 경건한 마음으로 그 죽음의 물약을 마셨던 거야. 매일매일. 아마도 '그 여자'는 자신이 그렇게 하면 기오르크 박사의 목숨을 구할 수 있거나, 자눔이 기오르크 박사의 목숨을 살려주겠다는 약속을 할 수 있으리라 생각했을 거야. 잘 모르겠다……. 불과 몇 개월 만에 '그 여자'는 많이 변해버렸어. 눈빛이 바뀌고, 저녁 식사를 하는 태도도, 빅토르와 너를 목욕시킬 때, 너를 팔로 안을 때의 표정도 변해 있었어. 세상과 작별하고 있는 것 같았다니까. 살도 많이 빠지고, 안색이 완전히 나빠지고, 성녀처럼 창백해져버렸지. 그런데도 도저히 믿을 수 없는 자제력을 보여줬어."

"그런데 기오르크 박사님은 도대체 어떻게 된 거예요? 박사님이 조치를 취하지 않았나요?"

"물론 취했단다, 아들아. 처음에 기오르크 박사는 상태가 악화된 네 어머니를 살펴보고는 자주 고열이 일어나는 것과 신체기능 저하 증세가 바이러스에 감염됐기 때문이라고 판단했지. 하지만 실제로 무슨 일이 일어난건지 깨닫고는 절망적인 반응을 보이며 네 명이 함께 브린디시로 가는 표를 구하려고 애썼단다. 왜냐하면 '그 여자'가 아이들 없이는 그 어디에도 가지 않겠다고 우겼기 때문이었어. 내 생각에는 기오르크 박사가 표를 구했던 것 같아. 하지만 운이 박사한테서 이미 등을 돌려버린 뒤였어. 그 사람은 티라나로 돌아오는 길에 체포되고 말았거든……. 나중에 박사가 음모를 꾸미고 있다는 증거가 되는 중요한 서류가 발견됐다는 소문이 나돌았어. 나는 그게 무슨 서류인지도 잘 모르겠고, 또 정치가 뭔지 제대로 모르지만, 기오르크 박사가 사람들이 말하던 그 모든 사안과 연관되어 있으리라고는 결코 믿지 않는다. 비록 박사가 과거에 당국에서 실시한 몇 차례의 부검에 의사로서 서명하는 것을 거부한 바 있고, 그 때문에 문제가 발생했다고 해도 말이다. 박사가 당의 강경파들과 견해 차이를 드러내고 있었다고는 해도, 그런 음모에 적극적으로 가담했을 거라고 생각하지 않는단다."

"그 뒤로는 어떻게 됐는데요?"

"아들아, 늘 그렇듯이 똑같은 일이 일어났단다. 기오르크 박사는 불순분자라고 불리는 사람으로 변해버렸지. 다시 말해 진절머리 나는 인간, 인간 취급 못할 인간, 알아서는 안 될 걸 알아버리고, 보지 말았어야 할 걸 봐버리고, 세상이 세상이었던 순간부터 입에서 입으로, 나라에서 나라로 늘 똑같이 반복되던 말들, 명령들, 문장들을 들어버린 인간으로 변해버린 거야. 기오르크 박사가 공산당 중앙위원회 지하실에서 심문을 받았다는 얘기도 있고, 나중에 다른 곳으로 이송됐다는 소문도 있더구나. 그 사람이 무슨 일을 당했는지는 하느님만이 아실 거다. 당시 네 어머니는 이미 세상을 떴지만, 기오르크 박사는 아마도 그 사실을 알지 못했을 거야."

"어떻게 된 거였는데요? '그 여자'는 어떻게 죽었어요? 유모, 나한테 얘기해준다고 약속했잖아요."

이스마일이 한나에게 예전의 약속을 상기시켰다.

한나가 힘들게 숨을 들이마셨다. 피곤해 보였다. 그런 추억을 떠올리느라 얼굴에 기운이 빠지고, 주름살이 더 깊게 패인 것 같았다.

"밤이었지. 새벽 두 시경이었어." 한나가 말했다. "그날 국무부에서 한 사람이 급한 일이 생겼다며 자눕을 찾아왔는데, 자눕은 집에 없었어. '그 여자'는 죽음을 예감하고 있었나봐. 너희를 마지막으로 보고 싶었다는 듯이 침대에서 일어나 맨발로 복도를 걸어가 너희 방까지 갔어. 난 선잠에서 깼다가 잠을 이루지 못하고 침대에서 잠시 뒤척거리고 있었단다. 그때 장작을 팰 때처럼 뭔가 쿵 하고 바닥에 세게 부딪히는 소리가 들렸어. 서둘러 가보니 '그 여자'가 쓰러져 있더구나. 정신을 차리게 하려고 '그 여자'의 뺨도 때려 보고, 온갖 방법을 다 써봤어. '그 여자'는 아직 숨이 붙어 있었어. 더듬더듬 겨우 말을 했는데, 나더러 약속 하나를 해달라고 하더구나. 그때 난 '그 여자'가 죽어가고 있다는 걸 눈치 챘단다."

"무슨 약속인데요?"

"점잖은 사람이라면 결코 거부할 수 없는 약속이었지. 죽어가는 사람의 마지막 부탁을 거절할 수 있는 사람은 아무도 없잖아." 한나는 혼잣말을 하고 있었거나 아니면 산 자와 죽은 자를 이어주는 '연계의 끈'에 대해 심사숙고하는 듯 멍한 상태로 대답했다. 아니, 아마도 이제 가까워졌다고 느끼는 자신의 죽음에 대해 생각하고 있었을 것이다. 한나는 잠시 뜸을 들인 뒤 이스마일을 쳐다보고 다음과 같이 덧붙였다. "'그 여자'는 자기가 죽으면 전통에 따라 자기 뼈를 기오르크 박사의 뼈 옆에 묻어달라고 했어. 난 그 부탁을 들어주기로 약속했단다."

이스마일은 기력을 회복한 것처럼 보이기도 하고, 동시에 조금 슬퍼 보이기도 했는데, 단지 감동을 받은 것일 수도 있었다. 동시에 이스마일의 뇌리에는 자신을 샤레 공동묘지의 직원이라고 소개했던, 축축한 흙냄새가 나던 사람과 예기치 않게 나눈 말들이 빠른 속도로 계속해서 떠오르고 있었다.

"약속은 지켰나요?"

이스마일은 그것이 알고 싶었다. 하지만 묻는 말투에

는, 아주 개인적인 일이나 된다는 듯이, 심문이라기보다는 오히려 애정이 드러나 있었다.

"물론 지켰지." 한나가 대답했다. "쉽지는 않았어. 기오르크 박사가 어디에 묻혔는지 확실하게 알아내는 데 몇 년이 걸렸거든. 나는 박사가 그토록 가까운 곳에 묻혀 있으리라고는 상상도 못했다." 한나는 창문 쪽으로 몸을 돌리더니 경석(輕石)으로 쌓은 담장처럼 마을을 감싸고 있는 잿빛 바위산을 가리켰다. "바로 저기, 느드록인데, 저 바위 옆, 군사기지에서 500여 미터도 채 떨어지지 않은 곳에 묻혔더구나." 그녀는 이스마일 쪽으로 몸을 돌리고 다음과 같이 덧붙였다. "매장 허가를 받기 위해서는 너도 알다시피 여러 수속이 필요하단다. 기오르크 박사의 유골을 샤레로 옮기는 게 불가능했기 때문에 네 어머니의 유골을 이곳으로 가져오는 수밖에 없었단다. 그게 그리 간단한 일은 아니었지만, 그렇다고 해서 아주 복잡한 일이라고 생각할 필요도 없다. 그런 일만 비밀리에 담당하는 조직이 있거든. 우리는 죽은 자들의 나라에서 살고 있잖아."

이스마일은 공무원 코스투리가 했던 말을 기억했다.

거의 똑같은 말이었다. "우리는 시체애호가들의 나라, 무덤을 찾는 자들의 나라를 건설했지요."

"'그 여자'가 유모더러 나한테 이런 얘기를 해주라고 부탁하던가요?"

"아니, 부탁하지 않았어." 한나가 대답했다. "아마도 모르는 편이 네가 더 안전할 거라고 생각한 것 같더구나. 그 이야기를 너한테 해줘야겠다는 결정을 내린 건 바로 나야. 네가 다시 나를 만나러 왔을 때 나는 감히 진실을 밝힐 수 없었단다. 하지만 이제 너도 더 이상 어린애가 아니고, 또 사람이란 알아야 되는 일도 있다고 생각했지."

어느새 비가 그쳐 있었다. 비 온 뒤 축축한 햇빛이 창문을 통해 들어왔다. 이스마일과 한나는 집에서 나왔다. 둘은 말없이 마을을 가로질러 걸었다. 낮은 집들, 닫힌 문들이 있는 거리, 구유와 흡사하게 생긴 분수가 있는 광장, 우체국, 증류공장, 그리고 조금 더 가면 있는 곡물 가게들……. 태양 빛이 나무 사이로, 거리에 깔린 판석 틈새로 막 솟아난 연한 녹색의 잡초에 방울방울 힘없이 떨어지는 것 같았다. 두 사람은 협동농장의 채소밭을 정확히 양분하는 도로를 따라 계속 걸어갔다. 밭에서는 아주 희미한 증기가 부유하고 있었다. 강 위에 놓인 콘크리트 다리를 건너자 저 멀리 옛 군사기지의 석면슬레이트 지붕이 보였다. 거죽이 벗겨지고 유리창이 없는 벽에 방치의 흔적이 드러나 있는 직사각형 벽돌 건물이었다. 매장을 했다는 유일한 흔적은 무덤을 만드느라 파낸 짙은 색의 흙과 누군가 무덤 위에 놓아 둔 하얀 돌들뿐이었다.

"내뱉어진 말들은 원형으로 퍼져나가 누군가의 삶 전체를 관통하고 나서 다시 만나 서로 접촉하고, 무엇인가를 가둬버리죠."

이스마일이 말했다.

"그렇게 될 수밖에 없단다, 아들아. 그 어떤 사건도 온전히 지워지지는 않는 법이란다."

한나는 이스마일에게 이렇게 말하고 나서 몸을 돌리고 왔던 길을 되짚어 슬그머니 마을로 돌아가버렸다. 이스마일이 혼자 생각할 수 있도록 내버려두려는 심산이었다.

고통이 드러나려면 시간이 필요하기 마련이다. 이스

마일은 밟고 있는 흙이 아주 단단하게 다져져 있다는 걸 느끼며 그 자리에 서 있었다. 등이 시릴 만큼 추웠으나 땀 한 줄기가 등허리를 가르는 것이 느껴졌다. 이스마일을 그곳에 세워 놓은 것은 비통함이 아니라 두려움이었다.

19

그는 테라스와 맞닿아 있는 발코니로 나왔다. 형수가 격자형 울타리 옆에 자란 잡초를 밭 가장자리에서 뽑고 있는 모습이 보였다. 그녀는 머리를 뒤에서 하나로 묶어 아래로 드리우고 있었다. 그 기다란 머리카락은 이스마일에게 주입하던 그 신비감을 여전히 간직하고 있었다.

그녀가 지닌 아름다움의 속성은 변할 수 있는 것이었다. 그렇기 때문에 긴 시간을 통해, 계절마다 바뀌는 빛과 더불어, 구름의 변화와 그녀의 생각에 따라, 혹은 장소에 따라 변했다. 울타리의 푸른 바탕에 그녀의 볼록한 광대뼈 윤곽이 그려져 있었다. 만약 이스마일이 화가였

더라면, 그녀를 주변 것들과 조화롭게, 몇 가지 사물을 다른 사물들에 삽입해 추상적으로 묘사했을 것이다. 즉 볼록한 뺨을 잎사귀들 속에 그려 넣고, 눈을 아래쪽으로 향하게 그렸을 것이다. 하지만 그는 시인일 뿐이었기에 그 순간이 지나가도록 내버려두었다.

헬레나는 정원이라고 하는, 자신의 우주 속에서 노란 비옷을 입은 채 낙엽을 긁어모아 작은 더미를 만들고 있었다. 그녀의 표정은 한결 평온하면서도, 한편으로는 진지해 보이기도 했다. 하늘, 파이프가 녹슬고 돌난간 한쪽이 허물어진 돌고래 분수, 벌거벗은 과일나무들……. 이 모든 것은 그날 아침 그녀의 얼굴 표정이 반영하고 있는 기분과 어울리는, 방종 상태나 다름없는 면모를 보여주고 있었다. 그녀의 표정에는 주변의 자연 환경이 지닌, 뭐라 규정할 수 없는 쓸쓸한 분위기가 살짝 드러나 있었다. 이슬비가 내리고 있었다.

이스마일과 헬레나가 연인으로 만나지 못한 지도 몇 주가 지나고 있었다. 각자가 예전의 습관 속에서 일상적인 일을 하면서 자신만의 성을 쌓아갔고, 각자 최선을 다해 내면의 전투를 벌여나가고 있었다. 헬레나는 아주 분명한 태도를 취했다. 호기심 많은 손가락 하나를 치켜 올려 자신이 전투 중이라는 사실을 표현하기까지 했는데, 평소에는 평원하던 그녀의 눈이 경고와 흥분을 내포한 불꽃을 순간적으로 내뿜었다.

"더 이상은 절대 안 돼요."

그녀가 말했다.

아마도 신체적인 접촉 부족이 겉으로는 태연해 보이는 그 평온한 느낌을 그녀에게 심어주었을 것이다. 하지만 이스마일은 그렇게 접촉 없이 지낸 것은 마른 선인장이 자기 내부를 할퀴어버린 것이나 마찬가지라고 생각했다. 이스마일은 그녀를 단둘이서 만나지 않고는 숨을 쉴 수가 없었다. 주변에 아무도 없는 상태에서 그녀가 지닌 그 은밀한 모습을 보고 싶었다. 최소한 자신들이 만나 은밀한 정을 교환할 수 있는 영역이 필요했다. 그녀에 대한 생각을 도저히 떨쳐버릴 수가 없었다. 가끔은 그녀가 수영하는 상상을 했다. 활처럼 휜 몸의 선, 신선한 느낌을 주는 겨드랑이 속, 모래섬처럼 하얀 발뒤꿈치. 그녀가 흠뻑 젖은 몸으로 강에서 나올 때 그녀의 몸이 굽이치듯 움직이는 모습이나 수건으로 머리를 말리느라 허리를 구부릴 때 등의 모습이 눈만 감으면 선명하게 떠올랐다.

그 며칠 동안 이스마일은 자기 방에서 잠시 글을 쓰며 시간을 보냈다. 그리고 빅토르가 빌라에서 나가고 나면 우연을 가장해 만나기 위해 사방으로 그녀를 찾아다녔다. 서재와 아래층 테라스, 온실과 정원을 배회했다. 정원에서는 그녀가 돌고래 분수 옆에 앉아 책을 읽는 모습을 가끔 발견했는데, 그 모습은 어느 버드나무 혹은 어느 여신상, 즉 하얀 운동화를 신은 아프로디테처럼 풍경의 일부인 것처럼 보였다. 분수는 그녀가 즐겨 머무는 곳이었다. 온갖 식물이 있고, 그녀가 자란 옛 고향의 은은하게 떨리던 숲의 세계를 상기시켜주는 물소리와 돌에서 풍기는 축축한 공기가 좋았던 것이다. 두 사람은 야행성 동물인 두더지와 유사했다. 붉은색과 회색이 폭발하듯 세상을 물들이는 그 가을에 두 사람이 집에만 머무는 것은 쉽지 않았다. 자신들의 은신처에서 벗어날 필요가 있었다.

저택 안에는 다른 사람들이 있었기 때문에 모든 것이 어려웠다. 자눔은 집에서 거의 나가지 않았고, 그 어떤 순간에도 자눔과 빅토르에게 섬세한 배려를 아끼지 않던 헬레나는 자눔과 빅토르를 한층 더 상냥하게 대했다. 이스마일은 헬레나가 남편에게 미소를 짓거나 특유의 따스하게 대하는 태도로 관심을 보이며 남편의 하루 일정을 챙기는 모습을 보면 도저히 견딜 수가 없었다. 그런 순간에는, 비록 그 아름다움이 참을 수 없을 정도로 빛났다고 해도, 그녀를 증오하게 되었다. 자기를 향한 헬레나의 감정을 의심했기 때문도 아니고, 그녀가 변해 버렸다고 생각했기 때문도 아니었다. 단순히 그녀가 그렇게 처신하는 논리를 수용할 수 없었던 것이다.

느드록 마을에 다녀온 뒤로 이스마일은 헬레나와 대화를 많이 했다. 때문에 헬레나는 한나가 이스마일에게 밝힌 사실들을 상세하게 알고 있었다. 모든 사건이 촉수를 과거의 기억으로부터 현재로 뻗어 민감하고 감수성 예민한 사람들에게 영향을 미치듯, 예전에 벌어진 사건 속에는 이스마일과 헬레나 두 사람과 직접적으로 연계되고, 이미 죽었거나 여전히 살아 있는 다른 사람들과도 연계되는 어떤 것이 있었다. 이스마일은 가끔 꿈속에서 옛 사람들의 목소리를 들었다고 믿었다. 그들이 소곤거리는 소리가 아주 생생하게 들린다고 생각하기에 이르렀다. 그들의 영혼이 차가운 재로 변해버리지 않고 아직도 동시대에 존재하고 있기라도 한 것처럼. 이스마일은 그 귀신들이 집 곳곳에서, 이 방 저 방에서, 복도에서 나타나 자기 등을 살짝 두드리는 것 같다고 느꼈다. 죽은 자들의 영향력을 실제로 느끼는 것이 전혀 터무니없지는 않았다. 메마른 돌멩이라도 지질학적인 기억력을 가지고 있는 법이다. 자력을 지닌 바위들은 자신이 나온 마그마를 인식하고, 수백만 년 뒤에도 여전히 자극(磁極)을 가리키고 있다고 하는데, 하물며 인간이 그렇게 하지 않을 이유가 있겠는가? 옛 언어들은 살아 있는 사람과 죽은 사람이 근본적으로 친밀한 관계라는 사실을 언급하는 성스러운 어휘들을 가지고 있다. 꿈속에서 그 근원을 아무도 모르는 변화무쌍한 장면들과 이성적으로 이해할 수 없는 흥분, 관계들, 불안감들, 예감들, 당혹감들……. '내 생각에 공포를 불어넣는 당신은 누구인가?'

　헬레나는 자신을 교육시키는 고통스런 과정을 시작한 듯, 일정 기간 자기 속에 갇힌 채 아무 말 없이 보내고 있었다. 계속해서 독서를 했다. 이스마일은 뭔가 제대로 돌아가지 않고 있다는 사실을 깨달았다. 자연의 만물은 급격한 변화와 균열의 역동성에 종속되어 있다. 불타는 행성들은 서로 점점 더 멀어지고, 대륙들은 지질학적으로 균열이 생겨 가장 약한 지점에서 분리되고, 메마른 강들은 퇴적사토 평원으로 변한다. 바닷물은 증발한다. 그런데 사랑하는 이들에게 무슨 일이 일어날 수 있겠는가? 모든 이별에는 인지할 수 있는 표시들과 암시, 즉 목소리의 익숙하지 않은 변화, 눈 밑의 자줏빛 그늘(흔히 검은색을 띠고 있기 때문에 '다크서클'이라 부르는 피부 변색증—옮긴이) 때문에 더 어둡게 보이는, 더 심각하고 불투명한 시선이 내포되어 있다. 한나는 정확했다. 누구든 예감하는 법을 배우게 된다. 뭔가가 뒤틀리게 되면, 자기 자신의 의지 때문이건, 후회 때문이건, 더 큰 힘 때문이건, 불안감 때문이건, 이미 극한에 이르렀기 때문이건, 끝장이 나거나 끝장을 내야 한다는 사실을 누구든 늘 인정하게 된다. 그리고 그것을 알지 못한다 할지라도, 직관은 하게 되고, 그 느낌을 외면하려 해도, 매 순간 지각하게 된다. 사랑은 늘 긴장하는 눈먼 동물과 같다. 두 사람이 로톤다에서 함께 보낸 마지막 몇 시간 동안 헬레나는 양심이라고 하는 무시무시한 성(城) 속에서 웅크리고 있었다. 마지막 햇빛이 탑 안으로 비껴들고 있었다. 이스마일은 쿠션 위에 놓여 있던 그녀의 손을 쓰다듬고 싶었다. 그가 만져본 그녀의 손은 장갑처럼 무감각했다. 그녀는 그 순간의 모든 긴장을 몹시 지치고 떨린 목소리에 모아놓고 있었다. 그녀는 자신이 그렇게 하고 싶어한다는 사실조차 인지하지 못한 채, 자기 자신에게 말을 하고 있는 것처럼 보였다.

"당신 형이 알아버렸어요." 그녀가 실낱같은 목소리로 중얼거렸다. "확실해요."

이스마일은 소스라치게 놀랐으나 자신에 대해서는 생각하지 않았다. 고통과 더불어 특이한 정신적 해방감을 경험하는 사형수처럼, 최면에 걸린 듯 그 어떤 분노도 표출하지 않고, 꼼짝도 하지 않은 채 헬레나를 쳐다보았다. 이스마일이 온몸으로 느끼기 시작하던 그 불안감에는 상도(常道)에서 벗어나는 어떤 쾌락이 들어 있었다. 이스마일은 자신의 피가 혈관을 타고 아주 천천히 순환하고 있다고 느꼈다. 낯빛은 전쟁터에서 부상당해 방치된 사람들처럼 아주 창백해져 있었다. 그는 아무 말도 하지 않았다.

그 침묵의 거품 속에서 공기는 숨을 쉬기도 어려운 상태로 변했다. 시간 밖에서 부유하는 공기, 누군가가 방금 전에 죽은 방에 있는 메마른 공기, 동굴이나 땅 밑 빈틈 속의 공기처럼. 그때, 헬레나가 부부 침실이라는 닫힌 세계 안에서 일어난 내밀한 장면 하나를 이스마일에게 얘기해줄 준비가 되어 있다는 내색을 했다. 두 사람이 만난 지 몇 개월 만에 처음으로.

헬레나는 운동화를 벗은 뒤 벽에 등을 기댔다. 그리고 그 순간까지, 자신뿐만 아니라 이스마일도 아주 약삭빠른 꾀를 부려 들어가지 않으려고 애쓰던 공간에 아주 조심스럽게 들어갈 준비를 하고 있었다. 그곳은 바로 결혼한 여자, 헬레나가 속해 있는 울퉁불퉁하고 까다로운 공간이었다.

이스마일은 담배에 불을 붙여 입에 물고 칸막이벽에 목을 기댄 채 허공을, 6각형 유리창으로 이루어진 로톤다의 유리 망루를 올려다보았다. 그녀가 말을 꺼낼 때까지 그 자신이 스스로의 힘으로 머리를 지탱할 수 있을지 확신할 수 없었다. 그녀가 입을 열었다. 그녀는 천천히, 약간은 변덕스럽게, 다정한 태도는 드러내지 않은 채 말을 시작했다. 털어놓기가 참으로 어려운 문제지만, 당당하게 고백하기 위해서는 마음을 비워버릴 필요가 있는 것처럼.

"새벽녘에 그 사람이 집에 도착하는 소리가 들리더군요." 그녀가 말했다. "그래서 나는 잠든 척했지요. 그는 나를 깨우려하지 않았어요. 그저 신발을 벗고, 셔츠를 벗더군요. 그의 숨소리는, 방금 전에 큰 힘이라도 쓴 것처럼, 고르지 않고 시끄러웠어요. 그가 손을 활짝 펴서 치켜 올린 채 앞뒤로 찬찬히 살펴보더군요. 나는 무서웠어요. 그러고서 그는 창가로 가더니 달을 응시하며 서 있었어요. 상현달이었어요. 나 역시 자정 무렵까지 발코니에서 삼나무 위로 떠오른 달을 바라보고 있었거든요. 몇 초 뒤에 그가 벽을 더듬으며 한쪽 끝에서 다른 쪽 끝으로 왔다 갔다 하기 시작했어요. 달빛이 방으로 들어와 밝았거나, 아니면 내 눈이 방 안의 어스름에 익숙해져 있었기 때문에 그렇게 잘 보였는지는 모르겠지만, 나는 그 사람의 움직임을 잘 볼 수 있었어요. 자기 집인데도 그 사람은 도둑처럼 장롱 서랍을 뒤졌어요. 옷장을 열어서 내 옷을 옷걸이에서 하나하나 모두 내리더군요. 하얀 블라우스, 당신이 참 좋아하던 그 면 드레스, 옷깃에 작은 파란 물고기가 연달아 수놓아진 그 면 드레스 말이에요." 헬레나가 자기 목 위에 손가락으로 삼각형을 그리며 말했다. "그리고 내가 결혼식 날 입은 튜닉도 있었어요. 튜닉은 좀이 스는 것을 막기 위해 옷덮개에 넣어 보관해 두고 있었어요. 빅토르는 조심스럽게 옷덮개의 지퍼를 내리더군요. 쇠붙이가 찢어지는 것 같은 소리가 났어요. 그러고서 빅토르는 곧바로, 신부가 결혼할 때 혼숫감으로 가져오는, 실탄이 보관되어 있는 조끼 호주머니로 손을 가져갔어요." 헬레나의 목소리는 한 오라기 실처럼 가늘어져 있었다. "등을 돌리고 있던 그가 갑자기 훌쩍거리기 시작했어요. 어둠 속에 있었기 때문에 제대로 보이지 않았지만, 그의 머리가 그늘진 어느 부분이 마치 목이 잘려나간 몸처럼 보이더군요. 그가 흑흑 울면서 몸을 떨 때마다 그의 어깨가 들썩거리며 움직이는 것이 내 침대 쪽에서 어렴풋이 보일 뿐이었어요. 그런 모습은 결코 본 적이 없었다고요……. 그렇게 얼마 정도

시간이 흘렀는지는 잘 모르겠어요. 단 2, 3분이었을지도 모르지만, 영원할 것처럼 느껴졌어요. 그러고서 그가 옷을 벗고 잠자리에 누웠어요. 채 반 시간도 지나지 않았을 때 그가 그 말을 했어요. 내 귀에 소곤거렸어요. 목소리는 갈라져 있었어요. '왜 그랬어? 헬레나?', 그리고 두세 번 더 같은 말을 반복했어요. '왜 그랬어……? 왜 그랬어……?' 그 말뿐이었어요. 넋이 나간 듯 그렇게 말했어요. 진짜로 물어본다기보다는, 애원하고, 간청하고……. 그러더니 내 목에 입을 맞추었어요."

헬레나는 상체를 숙여 곧추세운 무릎에 얼굴을 파묻었다. 모든 것이 쉽게 풀리도록, 자신이 흐느끼는 소리가 그녀 자신을 이스마일과 세상으로부터 분리시키는 장벽이라도 되기를 바란다는 듯이, 하지만, 아무 소리도 내지 않고 계속해서 울고 있었다.

"이제 더 이상 말할 수 없어요……." 그녀가 무릎에 얼굴을 파묻은 자세를 바꾸지 않은 채 말했다. "당시 빅토르는 내가 깨어 있다는 사실을 알고 있었던 게 틀림없어요. 그 사람은 내가 자신의 그런 행동을 모두 보기를 원했을 거예요. 아마도 내가 자기 방식대로 뭔가를 알아차리도록, 내가 스스로 이해하거나 조심하도록 그랬을 텐데, 잘 모르겠어요……. 나는 그의 손이 내 잠옷 속으로 들어와 내 허리춤에 있다는 걸 알았는데, 그건 섹스가 시작된다는 걸 의미했어요. 항상 그런 식으로 시작되니까요……." 헬레나가 잠시 뜸을 들였다. 그녀가 중립적인 입장을 유지하는 것은 어려웠다. 그녀는 자신이 말을 더 쉽게 계속하도록 이스마일이 무슨 말이라도 거들어주기를 기다리고 있는 것처럼 보였으나, 이스마일은 아무 말 없이 듣고만 있었다. 그러자 그녀가 말을 계속했다. "빅토르는 온몸이 땀으로 범벅이 되어 있었는데, 그 사람의 입이 내 목을 스쳤을 때는 마치 열병에 걸린 것처럼 호흡이 뜨거웠어요……. 그 사람은 미칠 거라고요, 내 말 이해해요? 당신은 나만큼 나 자신을 잘 알지 못해요. 우리는 이렇게 계속할 수 없어요. 잘 모르겠어요? 다 끝났어요. 우리는 이런 식으로 계속할 수 없다고요." 헬레나가 고개를 쳐들더니 아무런 기대도 하지 않는다는 표정으로 이스마일의 눈을 똑바로 쳐다보았다. 그녀 평생 그 어떤 상황에서도 내보인 적이 없는 단호한 태도였다. "더 이상은 결코 안돼요." 헬레나는 손가락을 높이 치켜 올려 경고를 하고, 이스마일을 가리키며 말했다.

　이스마일은 아무 대꾸도 하지 않았다. 아무 말도 하지 않고 있는 사람이 그 침묵의 주인이다. 이스마일은 헬레나가 간결하게 묘사한 그 마지막 장면을 머릿속으로 세세하게 떠올려 보았다. 이스마일은 헬레나의 몸 위에서 격렬하게 요동치는 빅토르의 몸을 보고, 압박하고, 애무하고, 벌거벗은 어깨, 가녀린 목을 쓰다듬는 빅토르의 억센 손을 보고 있었다. 이스마일의 마음속에는 그 장면이 살짝 액화되어 있었다. 마치 어항 물속에서, 즉 잔잔하게 물결치며 반짝이는 수면 아래 투명한 물속에서 일어나는 장면처럼 보였다. 이스마일은 헬레나의 눈을 바라보기 위해 몸을 돌렸다. 눈물이 고인 헬레나의 두 눈은 더욱더 투명해져서 완벽한 사물처럼 보였다. 이스마일은 아무런 생각도 할 수 없었다. 그저 손가락으로 그녀의 손을 미끄러지듯 쓰다듬었다. 헬레나의 손은 힘이 없었다. 헬레나는 자신 속에 꼭꼭 유폐되어 있었다. 이스마일은 미칠 것만 같았고, 실제로 자신이 미쳐가고 있다고 느꼈다. 자신의 몸이 텅 비어 있었지만, 갈수록 무거워지고 있다는 느낌이 들었다. 확고하게 고정되어 요지부동 상태에 있는 생각들 때문에 그의 모든 근육이 멍멍해져 있었다.

이스마일은 자신이 형수와 관계를 맺었다는 걸 빅토르가 알고 있으면서도 내색하지 않았으리라고 생각하지 않았다. 그런 태도는 빅토르의 존재 방식과 어울리지 않았다. 이스마일은 아마도 형이 그녀를 완전히 잃어버리고 있다는 걸 느꼈으리라 생각했다. 흔히 사람이란 누군가에 대한 사랑을 그만둘 때는 처음에 그 사람을 사랑할 때처럼 과격한 태도를 취하는데, 그 사람을 다른 방식으로, 연민을 지닌 눈이든 실망한 눈이든 짜증난 눈이든, 다른 눈으로 바라보려는 위험성은 늘 존재하는 법이다. 남자는 늘 그런 것들을 인지하고 있다. 빅토르에 대한 생각을 거둘 수가 없었지만, 이스마일을 사로잡는 가장 강렬한 느낌은 자신에게 그녀가 절대적으로 필요하다는 것이었다. 그녀와 헤어지는 것을 받아들일 수 있는 방법은 전혀 없었다. 어떤 해결책도 없었다. 어떤 출구도 없었다.

누군가를 너무너무 사랑하게 되었을 때 그것을 참아

내는 유일한 방법은 너무 단호하고, 너무 결사적이어서 그런 방법을 미리 떠올려보는 것만으로도 몸이 마비되고 만다. 죽이고 입 맞추기. 산간 지방에 존재하는 원시 방언들에서 이 두 단어는 아주 유사하게 발음된다. 'öles'와 'ölelés'로, 그 어원이 같다('öles'는 '죽이다', 'ölelés'는 '입맞추다'라는 의미를 지닌다—옮긴이).

로톤다에 함께 머물던 그때만은 두 사람이 몸을 섞지 않고 껴안고만 있었다. 하지만, 당시까지 했던 그 어떤 육체관계도 그 마지막 포옹만큼 강렬하거나 필사적이지는 않았다. *만약 그대가 내 어두운 침상을 놓을 땅이라면 ……*', 9월 18일 그날 밤, 이스마일은 유포로 장정한 공책에 이렇게 썼다.

이스마일은 그렇게 헬레나를 껴안아 가두어 놓은 채 격렬하게 뛰는 그녀의 심장 소리를, 그녀의 목까지 조용히 흘러내리는 눈물을 느꼈다. 포유동물이 가끔 새끼의 주둥이, 귀, 눈을 깨끗하게 닦아주거나 치료하기 위해 핥을 때처럼, 고개를 숙여 그녀의 눈물을 핥았다. 그런 동물적인 육감을 느끼며 마음이 편안해진 그는, 그녀가 바위 사이에서 살면서 모든 새가 지저귀는 소리를 따라 할 줄 아는 어린 새라도 된다는 듯이, 그녀를 두 팔로 감싸고 있었다.

누군가를 사랑하는 것은 몸의 반이 잘려나가는 것과 같다.

이스마일은 삼나무들 사이로 난 산책로에 있는, 격자망 우리에 쌓인 빨간 잎사귀들을 테라스에서 바라보고 있었다. 저 멀리, 아주 연한 구름 하나가 티라나의 지붕을 덮고 있었다. 헬레나가 뽑아 놓은 잡초가 돌고래 분수 옆에 작은 더미로 쌓여 있었다. 연못의 난간 중 집 쪽에 있는 부분이 움푹 패어 있었다. 이스마일은 시멘트를 조금 발라 수선해야겠다고 생각했다. 그것이 그녀에게 다가갈 수 있는 좋은 핑계거리가 될 것 같았다. 헬레나가 모닥불을 지피자 불타는 잡초 쓰레기 냄새가 오후의 공기를 채워갔다. 잿빛 연기가 빌라 앞으로 퍼져 서재의 테라스까지 올라왔다. 이스마일은 정원으로 내려가기 전에 시멘트 반죽에 필요한 도구들이 어디에 있는지 곰곰이 생각해보았다. 모닥불 냄새를 맡고 있던 그 몇 초 동안 이스마일의 후각은 불에 타고 있던 그 식물들의 본성에 대한 기억을 자신도 모르게 회복해가고 있었다.

다북쑥, 애기부들, 막 베어낸 엉겅퀴, 야생 검은딸기, 로즈메리 같은 식물들의 냄새와 그밖에도 쉽사리 구분되지 않은 약간 시큼한 어느 냄새를 구분하려 애쓰고 있었다.

"이제 난 죽어도 상관없어."

이스마일이 말했다.

그녀가 표정만 살짝 바꾸었어도, 말 한 마디만 했어도, 그저 고개를 가로젓기만 했어도 좋았을 것이다. 하지만 그녀는 아무런 반응 없이 그저 가만히 있었다. 서재의 책장 윗부분에서 소설을 한 권 꺼냈던 그녀는 문지방에 이스마일이 나타난 것을 발견하고는 책을 바닥에 떨어뜨렸다. 잠을 이루지 못하고 한밤중에 침대에서 일어난 그녀는 졸리는 듯한 표정으로 서 있었다. 아주 얇은 파란 크레이프 숄로 어깨를 덮은 그녀는 잠옷의 하얀 천 위로 두 팔을 내려뜨렸는데, 눈초리가 마치 앞으로 일어날 수밖에 없는 일을 알아차렸다는 듯이 심각하고 침통했다. 이제 이스마일에게는 그 어떤 것도, 그 장소도, 불 켜진 등도 중요하지 않았고, 누군가가 자신들을 발견한다 해도 상관없었다. 그가 그녀를 껴안고, 두 사람이 균형을 잃고 쓰러져 두 개의 그림자처럼 바닥을 뒹구는 동안, 몸의 윤곽과 마찬가지로 차츰차츰 희석되어가고 있던 자신의 의식마저도 중요하지 않았다. 두 사람은, 오랫동안 간직했던 욕망으로 인한 모든 고통과 분노가 자신들의 내부에서 풀려나버렸다는 듯이, 조바심을 내며 서로의 몸을 찾았고, 서로를 깨물었다. 헬레나가 이스마일과의 관계를 끝내기로 작정한 날, 그녀는 자신의 의도를 관철시키기가 그토록 어려울 것이라는 사실을 미처 예견하지 못했다. 이스마일은 소파에서 쿠션을 집어 헬레나의 머리 밑에 괴고 머리카락을 묶어 놓은 리본을 이로 풀었다. 그가 유년 시절 어느 가을 새벽빛에 본 마르멜로 숲 같은 그녀의 머리카락이 카펫 위로 깔렸다.

역시 머리가 엉클어져 있던 그는 타액으로 범벅이 된 얼굴로, 그녀의 몸을 조금씩 조금씩 핥아가고 있었다.

몸에 꽉 끼는 타이즈를 착용하여 유난히 볼록하게 보이는 발레리나의 음부처럼 커다란 곡선을 이루고 있는 음부, 발뒤꿈치, 가녀린 발목, 약간 튀어나온 종지뼈, 육체의 지도에 있는 둔덕……. 이스마일이 그녀의 가랑이를 벌리자, 그녀 역시 이스마일이 가하는 자극을 더 이상 견딜 수 없어 수줍음을 완전히 떨쳐버린 채 다급한 마음에 이끌려 그를 받아들이기 위해 자기 손가락으로 음순의 틈을 살짝 벌렸다. 그녀의 몸 위에서 발기되어 있던 그는 조바심을 더 이상 참을 수 없어 그녀의 샅 사이로 음경의 귀두를 무턱대고 파고들었다. 이스마일은, 상처가 씀벅씀벅 고동을 치는 것처럼, 그녀의 몸이 갈수록 질식할 듯하고 갈수록 속도가 빨라지면서 팽창과 수축을 반복하는 것을 느꼈다. 그 사이에 그녀가 그의 이름을 부르는 소리를 들었고, 그 자신의 신음을 들었고, 두 사람이 자신들의 신음에 도취되어 내지르는 소리를 들었다. 그는 황홀경에 취해 자신이 내뱉는 아주 달콤하고 음탕한 말, 대담하고 사나운 말을 들었다. 그는 자신이 그런 말을 내뱉고 있다는 사실조차도 알지 못했다. 그리고 그 목소리가, 몸이, 쾌락에 젖어 헉헉거리는 것이, 두 사람을 모두 노곤하게 만들어버리는 그 땀이 둘 중 누구의 것인지조차 알지 못했다. 이스마일은 다급하게 그녀의 몸에서 빠져 나오자마자 그녀의 배 위에 농밀하고 미지근한 거품을 뿌렸다. 그녀의 배 위에 소금처럼 하얀 흔적이 남았다.

두 사람은 차츰 호흡을 되찾아갔다. 헬레나는 이스마일의 얼굴을 자기 쪽으로 돌려 다급하게 서두르지도 않고 절망하지도 않은 채, 전투에서 패해 고분고분하게 바다에 몸을 맡기는 조난자 해병처럼 깊게 체념한 채 사려 깊고 헌신적인 태도로 이스마일의 머리와 이마를 아주 천천히 쓰다듬었다. 이스마일은 헬레나의 가슴에 머리를 올려놓았다. 그녀 없이 산다는 것은 따분했기에 그 역시 패배감을 느꼈다.

"이제는 죽어도 상관없어."

그가 말했다.

밤의 투명하고 파르스름한 빛이 성당 안에서처럼 아치형 유리창을 통해 방 안으로 들어오고 있었다. 그때 두 사람은 정원으로 작은 동물 하나가 달려가는 것 같은, 뭔가 아주 작은 소리를 들었다고 생각했다. 순식간에 일어난 일이었다. 다시 침묵이 흘렀다. 이스마일이 바지 단추를 채우고 창문으로 다가갔다. 나무들이 달빛을 받아 서리가 깔린 것처럼 보였다. 사위가 침묵으로 채워져 있는 것처럼 고요했다. 그들은 내일 혹은 다음 날, 혹은 1년 안에 자신들의 삶이 어떻게 될지 알고 싶지 않았다. 그저 각자의 침실로 돌아가기 전 마지막 몇 분마저, 휴식의 마지막 순간을 보내고 있는 것처럼, 그곳에 머물러 있었다.

총성은 몇 시간 뒤에 들렸다. 정확히 말해 새벽 6시 15분 전이었다. 이스마일은, 항상 불행을 예고하는 그 묵직하고 가라앉는 듯한 느낌에 휩싸여 도저히 침대에서 일어날 수가 없어서 곧바로 일어나지 않고 몇 초 동안 꼼짝 않고 누워 있었다. 이스마일이 느낀 두려움은 혀로 흙을 핥았을 때의 그 맛, 가슴을 찔러대는 날카로운 느낌, 어둠 속에서 계단을 내려가는데 갑자기 층계 하나가 없어져버려 추락할 때의 현기증 같은 것이었다. 이스마일은 마침내 몸을 일으켜 앉은 뒤 총성이 났던 쪽으로 달려갔다. 생명이 끊긴 아버지의 몸을 발견한, 형 빅토르가 도저히 믿을 수 없다는 듯 두 손으로 자기 머리를 감싸고 있는 모습을 볼 수 있었다.

그 곁에 헬레나가 있었다. 그녀는 빅토르가 균형을 잃지 않도록 부축하고 있었다. 아마도 시간이 흘러갈수록 얼굴이 창백해지고, 정작 도움을 찾고 있던 사람은 바로 그녀였을 것이다.

"들어오지 마."

이스마일이 문틀에 모습을 드러내자 빅토르가 경고했다. 마치 뭔가가 이스마일의 눈을 고칠 수 없을 정도로 손상시킬까봐 두렵다는 듯한 말투였다. 하지만 그 경고는 이스마일에게 너무 늦게 도달했다. 이스마일이 봐야 했던 것을 이미 봐버린 뒤였다.

침대에 누워 있는 자눔의 몸은 침대 시트에 반쯤 덮여 있었고, 오른손은 침대 밖으로 나와 있었다. 손바닥이 위를 향한 채 손가락들이 뒤틀려 있었다. 손에서 몇 센티미터 떨어져 있는 두꺼운 나무판지 바닥 위에 권총이 떨어져 있었다.

세 사람은 그 자리에서 꿈쩍도 하지 않은 채 할 말을 잃었다. 빅토르만이 말 몇 마디를 더듬거렸지만, 뱉어낼 수 있는 말이라고는 자기 아버지의 이름뿐이었다. 빅토르는 고개를 가로저으며 호칭기도를 하듯 아버지의 이름을 반복해서 불렀다. 도대체 어찌된 영문인지 전혀 감을 잡지 못하고 있던 빅토르의 겁에 질린 두 눈이 시체에 고정되어 있었다. 그 눈빛은 한참 잠을 자다가 뭔가에 놀래서 깨어났는데도 여전히 그 악몽 속에 들어 있는 것 같은, 공황상태와 똑같은 느낌을 경험한 사람 특유의 눈빛이었다. 헬레나가 빅토르의 팔을 붙들고 말리려 했지만, 그는 그녀의 손을 뿌리치고 침대로 달려가 아버지의 몸을 덮고 있던 시트를 젖혔다. 세 사람은 심장 부위를 꿰뚫은 상처를 볼 수 있었다. 총알은 한 방이 아니라 두 방이었다. 이 사실은 나중에 여기저기에 소문으로 떠돌아다녔다. 나중에 사체검안서를 작성했던 의사가 파자마 상의에 생긴 선명한 베이지색 구멍, 주위가 화약에 그을린 동그란 구멍을 가리키며 밝혔다시피, 권총은 총구를 가슴에 댄 채 발사된 것이 틀림없었다.

죽은 몸이었지만, 그 남자의 존재는 여전히 냄새로 남아 있었다. 가죽 냄새와 목재 냄새가 몸에서 풍기는 냄새와 뒤섞여 방 안을 지배하고 있었다. 얼굴 표정은 살아 있을 때와 확연히 달랐다. 특히 멍한 시선과 위로 뒤

집어진 각막 때문에 더욱 낯설게 보였다. 그렇지만 그의 표정은 긴장감을 표출하고 있지 않았다. 아마도 반쯤 벌어진 입 주위와 목에 두드러지게 잡혀 있는 주름살 때문에 더 늙어 보이기는 했으나, 뒤로 살짝 빗어 넘긴 빽빽한 백발, 은색 여우 털 같은 백발 때문에 이마는 여전히 강인해 보였다.

침실도, 아치형 문으로 구분되어 있는 서재도 정리가 잘되어 있었다. 옷은 거무스름한 재킷, 검은색 울 바지와 함께 의자 위에 조심스럽게 개켜져 있었다. 자눔은 정리정돈과 검약을 좋아했다. 구두 역시 평범했는데, 고무 밑창의 가장자리에 진흙인지 시멘트인지 모를 자국이 조금 묻어 있었다. 책상 위에는 자눔이 늦은 시각까지 작업한 것으로 보이는 서류가 놓여 있었다. 이스마일은 테이블로 다가가서 그 서류를 보았다. 서류가 누렇게 변한 종이와 내무부의 보안국이 몇 년 전에 늘 사용하던, 쌍두 독수리 문양의 도장 때문에 오래된 것처럼 보인다는 사실을 확인했다. 이스마일은 빨간색 연필로 밑줄을 그어 놓은 문장만을 읽을 수 있었다. '……간첩행위와 적에 동조하는 행위 …….'

서류 가장자리에 약자로 써놓은 메모도 많이 있었는데, 재빨리 휘갈겨 쓴 것이어서 처음에는 무슨 의미인지 제대로 파악할 수 없었다. 그 사이에, 이스마일의 형은 망자의 몸 위로 상체를 숙인 채 혈관에 손을 대고는 맥박이 뛰는지 알아보려고 했지만, 아무 소용이 없었다. 헬레나는 멍한 상태로 침대에서 두세 걸음 떨어진 곳에 서서 더 가까이 다가가지도 않았고, 어떻게 해야 좋을지도 모른다는 듯 불안한 눈초리로 이스마일을 뚫어지게 쳐다보고 있었다. 아마도 그에게 눈으로 뭔가를 말하려고 하거나 그의 눈에서 뭔가를 탐색해서 마음의 모스 부호를 교환하고 싶었을 것이다. 이스마일은 단 10분의 몇 초 동안 지속되었는데도, 아주 천천히 도달했던 그녀의 그런 시선을 이해할 수 없었다. 왜냐하면 총성이 울리고 나서부터 이스마일에게는 시간이 단절되어버렸으며, 마치 수천 개 균열이 생긴 렌즈를 통해 보고 있기라도 하듯 사물을 단편적으로 인식하고 있었기 때문이다.

두 시간이 지나자 범죄 수사대가 저택에 도착했다. 정복경찰관 둘이 저택의 철문 양쪽에 버티고 섰다. 수사관은 컬러가 넓은 약간 구식의 회색 양복을 입고 있었다.

그는 그 집 식구들을 모두 따로 불러 조사했다. 신중하고 직관력이 있는 공무원 같아 보였다. 뭔가를 염탐하는 것 같은 작은 눈은 소신이 아주 강할 것 같은 인상을 풍겼다. 아무 질문도 하지 않은 채 유리창 너머 격자망 우리에 쌓인 빨간 낙엽 더미가 보이는 정원을 무심히 바라볼 때조차 그런 인상을 남겼다. 업무상의 피로, 사건의 수사, 그리고 인간 본연의 조건이 드러나 있는 시선이었다. 아니면 가을이라는 계절 탓에 그가 사색적인 사람처럼 보였을지도 몰랐다. 언뜻 보기에 뭔가 특이한 것이 있었다. 증인 세 사람의 증언에서 서로 일치하지 않는 무엇, 작은 모순들, 각자의 알리바이에 존재하는 작은 시간 차이.

  망자의 작업실에서 발견된, 'Z' 자로 표시된 사건 서류는 필적학 전문가에게 맡겨 철저한 분석 작업이 이루어졌다. 그 서류에는 느드록 마을 외곽에 위치한 군사기지의 배치도 하나와 1961년 9월, 그 옛날에 두레스에서 실시된 체포 작전에 관한 파일 전체가 들어 있었다. 그 내용은 기오르크 박사를 체포해 살해하여 마무리된 작전에 자눔이 직접 관여한 것이 틀림없다는 사실을 증명하고 있었다. 얼마 전에 문서고에서 사라져버렸던 그 서류에 대한 분석은 정확히 말해 이스마일에게 유리하게 작용하지 않았다. 제출된 자료에 비추어 보면 그 빌라에 거주하는 식구들 가운데서 이스마일만이 그 사건을 일으킬 만한 동기를 지닌 유일한 사람이었다. 복수를 하기 위한 동기 하나를 지닌다는 것은 알바니아의 전통에서 그 복수가 실제적으로 행해진 것이나 다름없다는 것을 의미하는데, 사실 법과 권리 사이의 경계는 아주 모호했다. 발칸 반도 지역에는, '범죄를 저지를 만한 이유 하나를 가진 사람은 범죄를 저지르게 된다'는 속담이 있다. 다른 한편으로, 이스마일은 자신이 반체제 인사들과 만나고, 대학에서 비밀활동을 한다는 정보국의 첩보가 존재한다는 사실을 알고 있었다. 하지만 이스마일을 체포한 순간에는 이것도, 저것도 결정적이지 않았다. 실제로 결정적이었던 것은 형의 증언이었다.

빅토르가 수사관 앞에서 화강암처럼 차분하게 "저 애가 했습니다"라 말하며 이스마일을 가리켰을 때 빅토르는 눈 한 번 깜빡하지도, 목소리를 떨지도 않았다. 빅토르는 극도로 완강하고 가혹한 태도로 동생을 뚫어지게 쳐다보면서, 눈으로 동생의 태도를 측정하면서 침착하고 태연하게 말했다. 두 사람은 채 다섯 걸음도 떨어지지 않은 거리에서 마주 보고 서 있었다. 그 순간에 두 사람은 한 지붕 아래서 자란 두 명의 고아 형제가 아니라, 아주 오래된 어느 기계장치, 늑대와 양의 심장을 박동시키는 동일한 기계장치로 구동되는 두 명의 성인이었다. 남자들끼리 결투를 벌일 때도 피가 일정 한계를 설정해놓고 혈관 속에서 차가워지는, 최고 긴장의 순간이 존재한다. 하지만 빅토르의 얼굴에 드러난 것은 갑작스런 충동의 일시적인 분출이 아니라, 고발 건에 대해 며칠 동안 미리 생각해 두었다는 듯이 치밀하게 계산된 냉정함이었다. 이마는 짙고 작은 음영이 드러날 만큼 찡그려져 있었다. 그가 내뱉은 문장은 그 어떤 가설이나 추정도 허용하지 않은 결정적인 증언이었다. 아무런 주저함 없는 비난이 담긴 문장이었다.

"저 애가 했습니다."

단지 그 말뿐이었다. 그리고 그 말은 이스마일에게 즉시 죗값을 묻는 데 충분했다. 항상 사건은 그렇게 결정된다. 증거는 필요하지 않다. 필요한 경우에는 위조하면

된다. 그 어떤 고발만으로도 죗값을 물을 수 있었다. 특히 고발자가 빅토르 라드지크처럼 군인이자 뛰어난 당원이라면 더욱더 그랬다.

이스마일이 자신을 전혀 방어하지 않은 이유가 무엇인지는 아무도 모른다. 아마도 그 중상모략을 속으로 조용히 삭힐 필요가 있었을 것이다. 결백은 그런 적대감 앞에서 벙어리가 되어버리기 일쑤니까. 그래서 이스마일은 운명 앞에서 무기력해져버리는 포획물처럼 몇 초 동안 꼼짝도 하지 않은 채 가만히 있었다. 운명이 우연이 아니라 중요한 사건들, 즉 서로 긴밀하게 연관된 사건들, 가끔은 고독, 쾌락과 복수에 대한 갈망, 그리고 연민 같은 것을 이해할 수 없듯이, 이해할 수 없는 사건들의 자연스런 결과라는 사실을 알고 있었다. 하지만 이스마일은 전혀 이상하다고 생각하지 않았을 것이다. 어떤 일이 일어나려는 순간에, 마치 앞으로 일이 어떻게 벌어질지 생생하게 알고 있다는, 불가해한 느낌을 가끔 경험하게 된다. 생각해보면 인생에서 놀라운 일은 그리 많이 일어나지 않는다. 이스마일의 사색적인 태도에는 무언가 따스한 것, 즉 얼굴이 약간 붉어지면서 살짝 드러나는 애석함이나 그리움의 표현이 들어 있었고, 그 아득한 옛날에 재미있게 놀던 일, 다즈티 산을 내달리던 일을 기억하고, 자신의 의식 속 깊은 곳에서 빛을 내고 있는 객차 다섯 량짜리 은도금 기차 한 대를 회고하며 느끼는 내밀한 비애도 들어 있었다. 그는 입술에 오묘한 미소를 머금은 채 가만히 있었다. 피로에 젖은, 약간은 달콤한 미소였다.

거짓말로 죄를 씌우고, 설득하는 것은 쉬운 일이었다. 그럼에도 수사관은 의무적인 질문을 포기하지 않았다. 외모는 평범했지만, 그 공무원은 관찰력이 예리하고 해석력이 뛰어났다. 그는 자기 의견을 피력하기 위해 쓸모도 없는 이유를 만들어낼 필요가 없었다. 그 이유는 마음속으로만 생각했다. 나쁜 방법은 사용하지 않았다. 유능하고 교양 있는 사람이었다. 내무부에는 그런 사람이 틀림없이 많지 않을 것이다. 그는 자눔이 자살했다기보다는 살해당했다는 가정을 받아들이고 있는 듯했다. 이스마일은 그것이 이상하다고 생각하지 않았다. 그 역시 그런 가능성을 받아들이기 시작하고 있었다. 하지만 이스마일에게 그 가능성이 썩 좋은 것만은 아니었다. 어찌

되었든, 그는 사건 당시 시트에 덮여 있던 사체를 직접 목격했기 때문이다. 확실히 그것은 사소한 문제였고, 그 순간 이스마일도 그 문제를 썩 중요하게 생각하지 않았다. 그럼에도 그 문제는 이스마일의 머릿속에서 쉬지 않고 맴돌았다. 죽은 사람 자신이 그런 식으로 시트를 덮는다는 것은 어려운 문제였다. 이스마일의 머릿속에는 아주 작은 소음이, 서재의 유리창이 살짝 떨리는 것 같은 소리가, 울타리를 이루는 나무줄기가 가볍게 움직이는 모습이, 나뭇잎사귀들 위에 은 투구처럼 걸려 있던 달에 대한 기억이 떠올랐다.

이스마일은 또다시 자기가 꿈속에서처럼 사물들을 인식하고 있다고 느꼈다. 미완성의 장면들이 번쩍이며 나타나는 것 같기도 했다. 자눔이, 이제 늙고 풀이 죽은 한 남자가, 아마도 어둠 속에서 빛나고 있는 얼굴들과 몸들을 인식하지 못할 정도로 기능이 쇠퇴해버렸을 남자가, 20년도 더 넘은 과거의 어느 날 밤으로 돌아갔다는 확신에 사로잡혀 있을 남자가 서재 유리창 뒤에서 뚫어지게 쳐다보고 있다는 상상을 했다.

그 노인은 과거와 마찬가지로, 아주 얇은 파란 크레이

프 숄로 가려 놓았을 뿐 거의 벌거벗은 것이나 다름없는 한 아가씨의 실루엣을 볼 수 있었을 것이다. 혹 그녀의 기다란 머리카락 속에, 어느 강물에 그러는 것처럼, 양손을 집어넣고 있는 한 남자 또한 보았을 것이다. 살갗에 여신(餘燼)을, 사랑의 인광을 내뿜고 있는 두 몸. 그 노인은 먼 과거의 어느 신음과 아주 유사한, 쾌락에 젖어 숨을 헐떡거리는 소리를 들었을 것인데, 과거의 그 신음은 쾌락에 젖어 숨을 헐떡거리는 소리가 되풀이되는 소리 혹은 그 신음의 메아리 같았을 것이다. 또한 노인은 광희(狂喜)가 담긴 은밀한 소리를 들었을 텐데, 그 광희는 머리를 터트려버릴 정도로 노인을 괴롭혔을 것이다. 노인은 두 몸에서 풍겨 나오는 강렬한 성적인 향취를 공기에서도 느낄 수 있었을 것이다. 거울을 보고 있는 얼굴처럼 한 사물이 다른 사물을 기억한다. '유령을 잡고, 잠을 자려 애쓰는 사람은 그림자들 사이에서 사는 사람과 같다.'

　노인이 그 연인들의 얼굴과 이름을 알아차렸을 수도 있었고, 그렇게 되면 이야기는 다른 방향으로 전개될 수도 있었을 것이다. 부정한 며느리, 사랑하는 아들의 아내인 헬레나를 집 안에서 쫓아다니며 감시할 수도 있고, 질책하는 목소리로 그녀를 윽박지를 수도, 그녀에게 공감을 칠 수도 있고, 그녀와 맞서 그녀를 침몰시킬 수 있는 음모를 꾸밀 수도 있고, 과거 어느 날 아내에게 했던 것처럼 모진 말을 그녀에게 내뱉을 수도 있었을 것이다.

하지만 누가 알겠는가? 삶이라는 것이 자주 사람이 믿거나 꿈꾸거나 상상했던 것에 종속되어 있다는 것이 사실이고, 존재하는 것들 가운데 가장 평온한 것까지도 설명할 수 없거나 또렷하지 않은 불가사의와 사연으로 가득 차 있는 것이 사실이라면, 진실이라고 하는 것을 확실하게 알 수 있는 사람은 누구겠는가? 모든 것은 시간과 더불어 흐릿해진다. 한나가 말했다시피, 한 번 일어난 사건은 그 어떤 것도 결코 완전하게 지워지지 않는다는 것 역시 사실이라 할지라도 말이다.

이스마일은 수갑이 채워져 아래서 기다리고 있는 검은 차로 끌려가기 전에 창문 밖으로 고개를 내밀고 마치 그 사건이 자기와 전혀 상관없다는 듯이 멍한 표정으로 공기를 들이마셨다. 자신이 다른 사람들의 삶에, 20년도 넘는 과거에 꾸며진 음모에 연루되어 있다는 느낌이 이스마일을 휘감았다.

잠시 뒤, 관용차가 완만하게 굽은 길에 깔린 자갈을 우두둑 뭉개는 소리를 내며 저택을 떠났다. 백미러를 통해 이스마일은 마지막으로 헬레나를 볼 수 있었다. 그녀의 눈이 촉촉하게 젖어 있었다. 그 눈에는 진한 피로감, 아주 옛적의 지혜 하나, 알바니아 전설에 등장하는 산의 요정들과 동일한 운명이 들어 있었다. 헬레나는 이스마일과 헤어지면서 손으로 가볍게 인사했다. 그 순간 헬레나는 더 젊고 훨씬 더 아름다운 여자로 보였다.

짙은 구름이 동쪽으로 몰려오면서 티라나의 하늘을 짓누르고 있었다. 전쟁이 벌어지기 전에 지은, 나무와 화단으로 둘러싸인 작은 빌라들이 있는 엘바산 도로가 어둠에 휩싸이기 시작했다. 순국선열로를 따라 도시의 황량한 모습, 회색 빛 관공서 건물의 정면이 보였고, 곧이어 열린 광장이 보였다. 광장에는 대리석으로 만든 벽들이 있고, 불굴의 표정을 지은 채 오른손에 청동검을 들고 영원히 세워져 있는, 그렇기 때문에 이제는 우울해 보일 수도 있는, 영웅 스칸데르베그의 기마상이 있었다. 유황빛이 감돌던 청동검은 그들이 대통령궁 앞을 지나갈 무렵에는 자기(磁器) 색으로 변해 있었다. 공기 속에는 번개가 찍 하고 꿰뚫어버린 공간이 여전히 남아 있었다.

'조금 있으면 비가 거세지겠군.' 이스마일이 생각했다.

에필로그

　1985년 5월, 이스마일 라드지크는 국제사면위원회 인권단체의 도움을 받아 출소한 뒤 비밀리에 알바니아를 떠났다. 과거와는 달리 이번에는 배를 타고 두레스 항을 떠나 브린디시에 도착했다. 삶이란 몇 개월, 몇 년 동안 원을 그리며 계속해서 꾸역꾸역 진행되지만, 철새를 인도하는 보이지 않는 기류처럼 항상 원점으로 회귀하고, 시간이 지나면 전설들이 그러하듯 다시 그 원을 마무리한다. 바로 그 해에 엔베르 호자가 사망해 사체가 미라로 만들어졌고, 독재자의 미망인이 조종하던 허수아비 라미즈 알리아가 권좌에 올랐다.

　그 후 얼마 되지 않아, 이탈리아의 어느 출판사가 이

스마일 라드지크의 애수 어린 송가를 번역해 출간했다. 『샤레에 초대받은 자들』이라는 제목의 책에는 그가 쓴 200편이 넘는 시가 수록되어 있다. *내가 밤의 종소리와 더불어 악과 어둠으로부터 자유롭게 되기를/ 횃불의 빛이 저 경계선들에서 붉게 밝혀지기를……'* 하지만 그 음울한 시들이 지닌 어두운 이미지는 알바니아의 전통뿐만 아니라 시인의 실제 삶에 깊이 뿌리내린 요소들이기도 했다. 이스마일 라드지크는 이 책을 출간하고 알바니아의 위대한 작가로 자리잡았다.

40년도 넘는 세월 동안, 알바니아는 철의 장막에 둘러싸여 세계의 나머지 부분과 완벽하게 격리된 폐쇄적인 나라였다. 알바니아는 외국이 자신들을 해하려는 음모를 꾸미고 있다는, 편집증적이고 완고한 논리에 따라 소외되어 스스로를 황폐화시키고, 심지어는 주변 공산주의국가들과의 접촉마저도 거부해왔다. 오늘날까지도 알바니아의 모든 해안선에는 벙커가 늘어서 있다. 이스마일 라드지크는 조국을 떠난 뒤부터 줄곧 이탈리아 남부 어느 작은 마을의 과일나무, 사과나무, 살구나무, 그리고 쥐엄나무로 둘러싸인 집에서 외롭게 살며 마당에 있는 작은 탁자에 앉아 글을 쓴다.

많은 시간이 흐른 지금, 이스마일 라드지크가 과거에 일어난 모든 것을 회고할 때 가장 강력하게 떠오르는 느낌은 특이하게도 피로감이었다. 저명한 시인인 그는 쾌활하고 사근사근한 성격을 지닌 여자와 결혼해 슬하에 아들 하나를 두었다. 아내는 그에게 상당한 안정감을 주었다. 봄이면 채소밭 깊숙한 곳에 아주 달콤한 청량감이 깃든다. 가끔 붉은 개미 떼가 줄을 지어 나무를 타고 오르면 아이는 개미의 삶에 대해 물었다.

"너 커서 곤충학자가 되겠구나."

언젠가 이스마일은 아내가 아이에게 하는 말을 들었다.

"곤충학자가 뭐예요?"

아이가 다시 물었다.

"곤충학자란 곤충의 삶을 연구하는 사람이란다." 이스마일이 쓰던 글을 멈추고 시선을 들어 올리며 대답했다. "개미, 메뚜기, 잠자리……."

하루를 보내다 보면 그런 순간이 많았는데, 그럴 때마다 이스마일은 눈동자를 굴리며 자신의 기억 속에 격리되었다. 삶이 그에게 자신만을 위한 영화 필름을 다시

돌릴 수 있는 재능을 부여했다는 듯이. 가을 날 오후가 되면 자주 바람이 불어와 마당에 있는 식탁보 자락을 들쳐 올렸다. 이스마일은 진흙으로 만든 화분에 마르멜로 나무를 한 그루 한 그루 심는 것을 좋아했다. 마르멜로 과일의 안정감과 무게가 차분한 느낌을 주었기 때문이다. 하지만 자주, 특히 밤이면, 잠을 자기 전 눈꺼풀에 달콤한 서글픔, 혹은 뭐라 형용할 수 없는 공허감이 올라왔다. 그러면 생각을 집중해 헬레나의 얼굴을 떠올려 보았는데, 그녀는 로톤다에서 운동화를 벗어 문 곁에 놓아두거나 맨발에 배를 깔고 누워 두 손으로 턱을 괴고 있었다. 체포된 이후 헬레나에 대한 소식을 전혀 듣지 못한 채 많은 세월이 흘렀지만, 그녀를 우연히 다시 만나게 되면 알아볼 수 있을 거라 자신하고 있었다. 그녀의 얼굴은 항상, 나이와 상관없이, 자신의 내부에 있는 것을 발산하고 있으리라 확신했기 때문이다. 이런 생각에 깊이 빠져 있는 동안, 이스마일은 마치 수 세기에 이르는 시간의 거리 밖에 떨어져 있다는 듯 깊은 침묵에 잠겨 있었다. 그리고 나서야 비로소 차분한 기분으로 일상 세계에 복귀할 수 있었다. 이스마일의 아내는 세속적인 여자지만, 남편이 그렇게 혼자 떨어져서 무슨 생각을 하는지 결코 묻지 않는 관대함을 지니고 있었다.

이스마일은 아들이 자라나는 모습을 보고 즐거워하면서 자신이 작지만 나무랄 데 없는 행복을 향유하고 있다고 느꼈다. 이스마일은 하루의 기나긴 순간들과 한 해 열두 달 동안 집 안 가구에 비치는 햇빛의 속성을 파악하여 시간을 정확하게 인지하고 있었다. 계절마다 시간이 달랐다. 눈이 은빛 고요와 더불어 아페니노 산맥(이탈리아 반도를 세로로 지나는 산맥―옮긴이)에 도착하기 전의 겨울, 라벤더와 라완델 꽃이 피는 4월, 더위가 바위를 뚫고 들어가고 이스마일을 탈진시키던 이탈리아의 한여름, 물로 씻은 듯 깨끗한 파란색으로 이루어진 청량하고 화창한 하늘이 해 질 무렵이면 가끔 심홍색이나 황금색으로 물드는 10월. 그리고 다시 양모 스웨터와 두꺼운 양말을 신고, 물기에 젖은 유리창 너머로 빗방울 부딪치는 둔탁한 소리가 들리고, 끈질기게 지속되는 삶처럼 노곤한 겨울이 되면 시간이 달라졌다. 이스마일은 자신의 미래를 응시할 때처럼 수동적이고 무심하게 계절의 흐름에 참여하고 있었다. 필요하지도 기대하지도 않은 어떤 선물을 받아들이는 사람의 태도였다. 이렇듯 무심한 태도는 타고난 성격이 아니라 추방자로 살아가며 터득한 삶에서 비롯된 것이었다. 이스마일은 결코 알바니아로 돌아가려 하지 않았다.

1990년대 초반기에 동유럽의 나라들이 겪은 변화의 여파로 알바니아 정부는 탈 스탈린화 과정을 겪을 수밖에 없었다. 하지만 변화가 너무 급작스런 것이었기에 그 시도는 부정선거와 더불어 물거품이 되어버리고, 금융 피라미드의 떠들썩한 추문이 발생하면서 국가가 극심한 혼란에 빠져버렸다. 알바니아인 수천 명이 그 참화를 피해 도망치려고 배를 타고 나라를 떠났는데, 사람을 가득 실은 그 배들은 물에 떠 있는 진짜 지옥이 되어 버렸다. 1997년 2월이었다.

그때 몇 가지 얘기가 떠돌았다. 물론, 라드지크에 대한 모든 소문은 부정확했고, 불확실한 기운에 둘러싸여 있었다. 이스마일과 아마도 그의 어머니거나, 애인 혹은 형의 아내였을 한 여자에 대한 소문이 떠돌았다. 얘기가 너무 많았고, 내용 또한 천차만별이어서 여자가 하나가 아니라 여럿이고, 모두 다 불행을 야기할 가능성을 갖고 있는 것 같은 느낌을 주었다.

죽음이 찾아와 그대의 두 눈을 빼앗을 것이다. 이탈리아의 시인 체사레 파베세(더럽혀진 목숨, 자살의 유혹, 좌절된 사랑 등 신화와 현실의 교착을 주제로 독자적인 서정 세계를 구축하여 크게 성공했으나, 토리노의 한 호텔에서 자살함─옮긴이)는 헬레나 보르스피의 얼굴도 모르는 상태에서 이렇게 썼다. 이 구절은 이스마일 라드지크가 자신의 책에 제사(題詞) 형식으로 실었거나, 실제로 무슨 일이 일어났는지는 그 누구도 몰랐고, 앞으로도 결코 모를 어느 날 밤에 그를 쳐다본 것처럼, 그의 기억 속에서 절망적인 눈으로 계속해서 그를 쳐다보고 있는 그 아름다운 여인에게 바치는 내밀한 헌사로 이용했을 것이다.

폐쇄된 세계의 '남성성'과 '여성성'이 보여준 희망과 절망의 대서사시

『알바니아의 사랑』은 공산독재 체제로 인해 파괴된 어느 상류층 가문의 비극을 다룬다. 소설의 공간적 배경은 알바니아의 수도, 티라나의 엘바산 거리에 있는 자눔 라드지크의 저택이다. 저택은 비밀스럽고 폐쇄적인 공간이다. 시간적 배경은 공산독재가 알바니아를 국제사회로부터 격리하고 불행한 유물로 전락시켜버린 가장 어려운 시대다. 당시 유럽에서 가장 고립적이고 편집증적인 나라였던 알바니아에서는 폭정에 결탁하거나 비밀리에 맞서는 것밖에 선택의 여지가 없었다. 격리된 알바니아는 이 소설의 중심 무대가 되는 한 가정과, 그 가정에서 일어난 온갖 비밀들의 유폐적인 분위기를 더욱 도드라지게 한다. 즉 국가의 역사가 개인의 운명에 어떤 식으로 영향을 미치는지 절묘하게 보여주고 있는 것이다.

소설의 중심축은 남성성과 여성성이다. 이 두 성의 다양한 관계에는 비극이 개입되어 있다. 우선 라드지크 가문의 족장인 자눔과 부인인 '그 여자'의 관계에서 그러한 특성이 극명하게 드러난다. 자눔은 국제여단 소속으로 에스파냐 내전에 참여해 파시스트들과 싸운 뒤 내전의 공포를 피해 조국을 떠난 에스파냐의 아가씨와 결혼한다. 부상당한 자눔을 구해준 '그 여자'와 '그 여자'를 내전의 공포와 상처에서 도피시킨 자눔은 상보적인 관계에 있는 것처럼 보인다. 하지만 억압과 공포, 정치적 음모와 비밀로 가득 찬 알바니아의 현실과 군인 족장이 지배하는 가부장적 분위기 속에서 '그 여자'는 자유롭고 감성적이고 따스하고 낭만적인 남자와 함께하는 삶을 추구하게 되고, 결국은 가부장적 남자에게 등을 돌린다. 결국 '그 여자'는 사랑하는 남자를 잃고, 시름시름 앓다가 죽음을 맞이하게 된다. 이러한 남녀 관계는 유전되어 아버지의 가부장적인 세계관을 물려받은 빅토르는 산골 출신 헬레나와 결혼하지만, 헬레나 역시 억압적이고 유폐적인 분위기가 지배하는 저택 생활에 지쳐 자유로운 영혼과 섬세한 감수성을 지닌 시인 시동생 이스마일과 사랑에 빠진다. 그리고 이 사실을 알게 된 형제의 관계는 회복될 수 없는 지경에 이른다.

여기서 중요한 것은 남성성이 기존의 방식으로 존재하지 않는다는 것이다. 수사나 포르테스는 '남성성/여성성', '나약함/강인함' 등의 이항대립적 요소들을 단순하게 배치하지 않는다. 흔히들 여성은 가부장적 사회의 희생자로 표상되는데, 이 소설에서는 남성 또한 존재방식과 사고방식의 유연성이 부족한 가부장적 사회의 희생자로 등장한다.

소설 속에서 여자들은 남자들에게 의존해 사는 것 같지만, 실제로는 남자들을 속이고, 가부장적 남자들이 결코 드러내고 싶어하지 않는 비밀의 열쇠를 쥔 존재들이다. 그들은 남자들에 대한 힘의 우위를 유지한다. 그리고 결코 쇠퇴하지 않으며 자신들 고유의 삶을 지속한다. 의문의 죽음을 당한 '그 여자'까지도 저택의 벽에 걸린 초상화로서 남겨진 가족의 삶을 지켜보면서 계속, 집요하게 존재한다.

이렇듯 문학의 영원한 테마인 남녀 간의 관계는 격정적인 사랑, 파괴적인 감정, 질투, 복수, 통제할 수 없는 욕망 등을 통해, 비밀스럽지만 유감없이 표출되고 있다.

미스터리와 서스펜스, 금지된 사랑으로 인해 배가되는 에로티시즘이 작가의 치밀한 서사 전략, 풍부한 함의를 지닌 뛰어난 묘사, 수사학적 절제미가 넘치는 정교한 문체를 통해 절묘하게 조화를 이룬 『알바니아의 사랑』은 현대 에스파냐 문학뿐만 아니라 세계문학의 중심부를 차지할 수 있는 독특한 작품이다.

조구호